書下ろし

新・深川鞘番所

吉田雄亮

祥伝社文庫

目次

深川繪圖

㊀ 深川大番屋（鞘番所）
㊁ 靈嚴寺
㊂ 法苑山 浄心寺
㊃ 外記殿堀（外記堀）
㊄ 櫓下裾継
㊅ 摩利支天横丁
㊆ 馬場通
㊇ 大栄山金剛神院 永代寺
㊈ 富岡八幡宮
㊉ 土橋
⑪ 三十三間堂
⑫ 洲崎弁天

い 万年橋
ろ 高橋
は 新高橋
に 上ノ橋
ほ 海辺橋（正覚寺橋）
へ 亀久橋
と 要橋
ち 青海橋
り 永代橋
ぬ 蓬莱橋

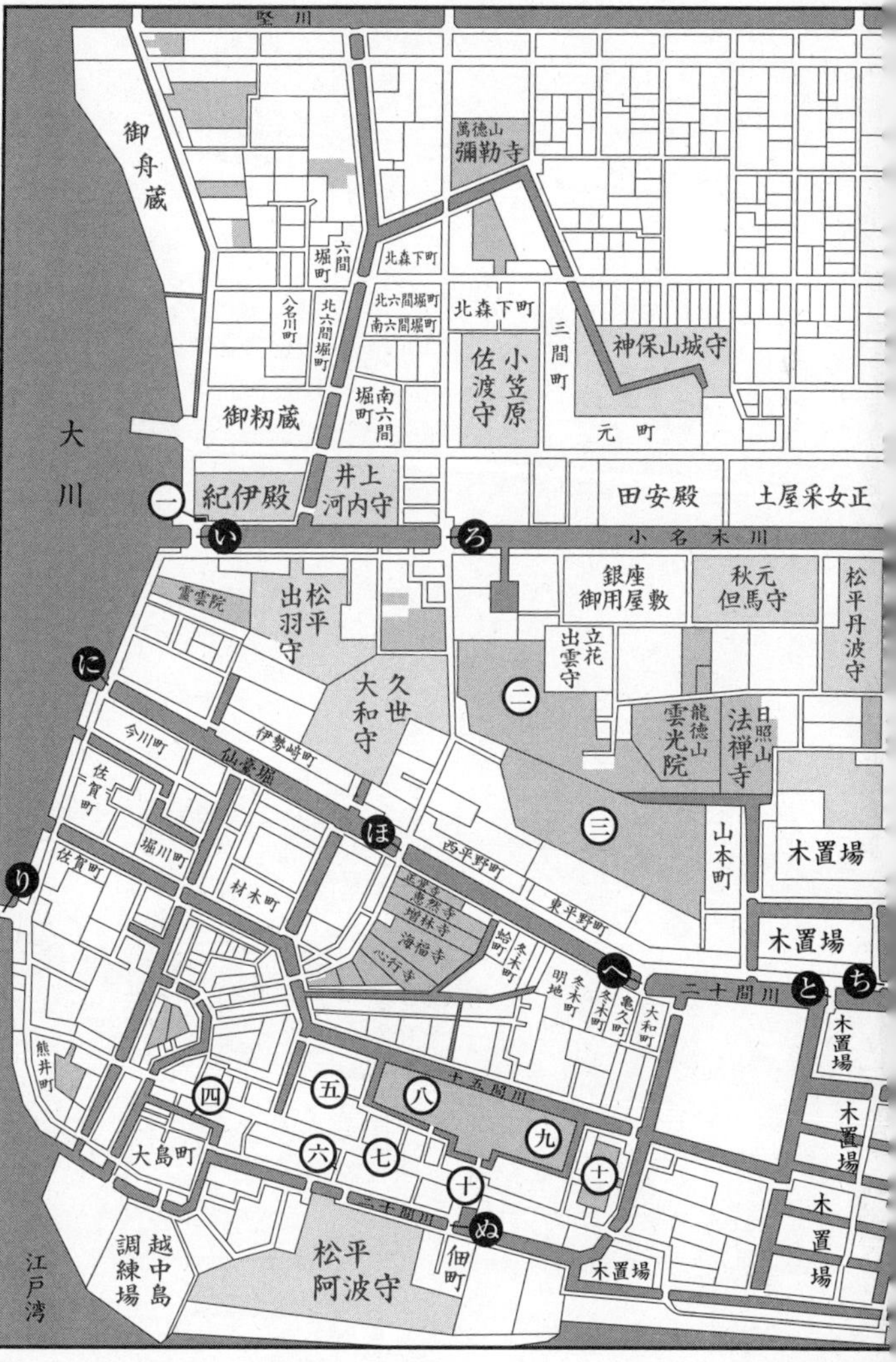

堅川
御舟蔵
萬徳山
彌勒寺
六間堀町
北森下町
八名川町
北六間堀町
北六間堀町
南六間堀町
北森下町
三間町
神保山城守
小笠原佐渡守
南六間堀町
御籾蔵
元町
大川
紀伊殿
井上河内守
田安殿
土屋采女正
小名木川
霊雲院
松平出羽守
銀座御用屋敷
秋元但馬守
松平丹波守
立花出雲守
久世大和守
龍徳山雲光院
日照山法禅寺
今川町
伊勢崎町
仙台堀
佐賀町
堀川町
佐賀町
西平野町
材木町
東平野町
山本町
木置場
木置場
正覚寺
恵然寺
増林寺
海福寺
心行寺
蛤町
冬木町
明地
冬木町
亀久町
冬木町
大和町
二十間川
木置場
熊井町
十五間川
木置場
大島町
木置場
二十間川
松平阿波守
佃町
木置場
越中島調練場
江戸湾

本文地図作製　上野匠（三潮社）

一章　風前之塵《ふうぜんのちり》

一

顔を出した朝日が、仙台堀《せんだいぼり》の水面《みなも》を茜色《あかね》に染めている。

その茜色の川面のなかほどに黒いものが浮いていた。

よく見ると、黒いものの端々が、ゆらゆらと揺れている。

堀川の流れが、それを揺らしているとおもえた。

亀久橋《かめひさ》を渡っていく道具箱を担いだ大工が、堀川に浮く黒いものに気づいて足を止めた。

目を凝《こ》らす。

次の瞬間……。

大工は、驚愕《きようがく》して大きく目を見開いていた。

「土左衛門《どざえもん》だ」

悲鳴に似た声を上げた大工が、腰が抜けたのか、道具箱を取り落とし、その場にへたりこんだ。

人だかりがしている。

大工が骸《むくろ》を見つけてから、一刻《とき》（二時間）ほど過ぎ去っていた。

二艘《そう》の舟が土左衛門をはさんで浮かんでいる。

それぞれの舟には、三つ紋つきの黒羽織《くろばおり》の裾を内側にめくりあげて端を帯にはさんだ、俗に着流し巻羽織といわれる同心独特の着こなしをしたふたりの同心と船頭代わりの小者が乗り込んでいる。

二艘の舟が土左衛門のそばで対峙《たいじ》してから、すでに小半刻《こはんとき》（三十分）ほど過ぎていた。

舟に乗り込んでいるのは、土地《ところ》の住人が北町《きたまち》組と呼ぶ深川鞘番所《ふかがわさやばんしょ》に詰める北町奉行所の同心たちと、南《みなみ》町組といわれる南町奉行所の同心たちであった。

同心たちの様子からみて、どちらが先に土左衛門を引き上げるか、たがいに相手の動きを探っているようにおもえた。

野次馬たちは固唾《かたず》を呑《の》んで、成り行きを見守っている。

無理もなかった。野次る相手は同心である。下手《へた》にあざけりの声を浴びせたりしたら、

「御用の筋をあざけること、許さぬ」

と捕らえられるかもしれない。

そんなおそれがあるにもかかわらず、野次馬たちに散る様子は毛ほども見えなかった。

むしろ、人の数は増えている。

いままで与力大滝錬蔵《おおたきれんぞう》の率いる北町組が、深川で起きたもろもろの事件を落着してきた。

一方の南町組といえば、町々を見廻っては、深川七場所の茶屋や局見世《つぼねみせ》などの見世にあからさまに袖《そで》の下を要求して受け取り、それらの見世にとって不都合なことが起きたら揉《も》み消すために動く、事件の探索とはおよそ真逆の組織だった。

そんな南町組が、この土左衛門の扱いにかんしては、北町組とまっこうから渡り合っているかのように睨《にら》み合っている。

かつてない、その様子が深川っ子たちをおもしろがらせていた。

突然、野次馬たちがどよめいた。

舳先《へさき》から二番目に乗っていた北町組の若い同心が、突然立ち上がり、帯から大小二刀を抜き取って、舟床に置いた。

若い同心は、北町組の最年少の同心、小幡欣作《おばたきんさく》であった。

立ち上がった小幡が羽織を脱ぎ、下衣もろとも小袖を脱ぎ捨てて褌《ふんどし》ひとつの姿になるや、躊躇《ちゅうちょ》なく仙台堀に飛び込んだ。

南町組の舟に乗っていた同心ふたりが、相次いで立ち上がろうとする。

舟が大きく揺れた。

仙台堀に落ちそうになった南町組の同心たちが、あわてて舟床に座りこむ。

舟べりを両手で摑《つか》み、成り行きを見定めるべく目を凝らした。

小幡が抜き手で土左衛門に泳ぎ寄る。

躊躇なく土左衛門の襟元《えりもと》を摑んだ小幡が、舟のほうへ引っ張っていこうとした。

が、土左衛門は、わずかに揺らいだだけだった。小幡が引っ張った土左衛門の羽織が肩口からずるりと抜ける。

あわてた小幡が、土左衛門の襟元から襟首に手を移した。さらに襟首を摑んだ手をずらして腕を首に巻きつける。

北町組の舟へ向かって泳いでいった。

舳先近くに座っていた白髪《しらが》まじりの同心が土左衛門を引っ張り上げるべく舟べりから身を乗り出し、手をのばす。

年嵩《としかさ》の同心は、松倉孫兵衛《まつくらまごべえ》だった。

船頭が櫓《ろ》を棹《さお》に持ち替えて、小幡が舟のそばに引き寄せた土左衛門の躰《からだ》の下に差し入れる。

小幡が船頭が持っている棹の反対側の棹の端を手にとって、船腹に身を寄せ、棹を上に上げた。

身を乗り出していた松倉が土左衛門の躰を両手で抱える。

小幡が棹を離す。

渾身《こんしん》の力を籠《こ》めて持ち上げた。

棹を引き上げた船頭が船床に棹を置き、松倉のそばに歩み寄った。

わきから手をのばし、松倉と一緒に土左衛門を持ち上げる。

土左衛門が舟に引き上げられた瞬間、ぐらり、と舟が揺れた。

転覆しかねない舟の様子に、野次馬たちがどよめく。

舟床に土左衛門が横たえられた。顔を下に向けたままで、人相のほどはわからない。

小幡が、船べりを摑んで、自分の躰をずり上げた。

舟に乗り込んだ小幡を見届けて、南町組の舟の舳先寄りに乗っていた同心が船頭を振り返って声をかける。

うなずいた船頭が櫓を操って、舟の向きを変えた。

北町組の舟とは反対の方向へ、南町組の舟が遠ざかっていく。

ざわめきが野次馬たちからあがった。

土左衛門をのせた北町組の舟が、大川へ向かってすすんでいく。

野次馬たちが散り始めた。

わずかの間に、亀久橋の上の人だかりは失《う》せていた。

店が商いを始める頃合いである。

魚や青物を商う棒手振《ぼてふり》たちが、亀久橋を渡り、行き交っていた。

さっきまでの土左衛門騒ぎが嘘《うそ》のように、町ではいつもの暮らしが始まっている。

二

俗に深川鞘番所と呼ばれている深川大番屋は、新大橋《しんおおはし》近くの万年《まんねん》橋のそばにあった。

　その万年橋の、鞘番所からみて対岸にあたる、小名木川《おなぎ》が大川に流れ入るところに、御舟蔵《おふなぐら》がある。

　御舟蔵は、舟を納めるところから刀の鞘にたとえられて〈鞘〉ともいわれていた。

　深川大番屋が、鞘番所と呼ばれるようになった由来は、万年橋の近くにある御舟蔵にあった。

　『旧事諮問録《きゅうじしもんろく》』にも、

〈深川に鞘番所と呼ばれる大番屋あり〉

　と記されている。

　大番屋は、いわゆる調番屋《しらべ》で、自身番と違って捕らえた嫌疑人たちを留置する仮牢《かりろう》と吟味場を備えていた。

　大番屋は町奉行所の分所ともいうべき存在で、南茅場町《みなみかやば》、神田材木町《かんだざいもく》四丁目、深川など江戸御府内に八ヶ所あった。

　なかでも神田材木町三丁目と四丁目の間にある大番屋は俗に、

〈三四《さんし》の番屋〉

　と呼ばれ、科人《とがにん》たちが、

「送りましょうか、送られましょか。せめて三四の番屋まで」

と俗謡に唄われていたほど恐れられていた。

大番屋は、江戸南町、北町両奉行所から離れたところにあったため、嫌疑人を捕らえるたびに町奉行所に連行するのは、余計な手間暇がかかる厄介《やっかい》なこととされていた。そのため大番屋では、罪状が明白になるまで嫌疑人を仮牢に留め置いた。

大番屋は、捕らえた科人の数をたがいに張り合った。それゆえ捕らえた嫌疑人を、ひとりでも多く伝馬《てんま》町送りの科人にするべく、大番屋の取り調べは厳しい拷問をくわえるなど峻烈《しゅんれつ》を極めた。

嫌疑人が罪を認めると、同心は夜中でも町奉行所へ出向き、入牢証文を要求した。入牢証文が下されると、科人をただちに伝馬町の牢屋敷へ送った。

この日、嫌疑人を厳しく問い質《ただ》すために使われる深川鞘番所の、北町組の吟味場は、いつもと様子が違っていた。

筵《むしろ》の上に仰向けに横たえられた骸の、羽織の左襟の腹を覆うあたりから脇下、羽織の下の小袖の右脇腹から左脇へと深々と斬り裂かれている。小袖と羽織には噴き出したであろう、同心の血が染みていた。骸の傍《かたわ》らに、同心の腰から抜き取った大小二刀と十手《じつて》が置かれてある。

骸のまわりには、鞘番所北町組支配の与力大滝錬蔵を中心に、配下の鞘番所詰め同心松倉孫兵衛、八木周助《やぎしゆうすけ》、小幡欣作、以前は同心だったがわけあって職を辞し、いまは錬蔵の手先として働く、一見浪人に見える前原伝吉《まえはらでんきち》が覗《のぞ》き込むようにして立っていた。

骸を中心に錬蔵たちがつくった輪のなかには、骸の傍らに片膝をついた同心溝口半四郎《みぞくちはんしろう》の姿があった。一刀流《いつとう》皆伝の腕を持つ溝口は、錬蔵から命じられて骸あらためを行っている。

あらため終えた溝口が、顔を上げて錬蔵を見やった。

「右の脇腹から左脇の下へと斬り割かれている。下手人は、すれ違いざまに居合《い》い抜きの一閃《いつせん》をくれたと見立てますが」

「ここから見ているので断言はできぬが、おれも、そうおもう。同心は大刀の鯉口《こいぐち》も切っていない。それどころか、小幡が骸を引き上げたときには、帯に十手が差し込まれたままだったという。この同心は、亀久橋近くの河岸《かし》道で、すれ違いざまに斬り殺されたのだろう」

「おそらく」

短く溝口が応えた。

わきから松倉が声を上げた。

「出で立ちからみて、町奉行所の同心に違いないとおもいますが、私はもちろんのこと溝口、八木、前原、小幡も見たことがない者、北町奉行所の同心とはおもえませぬ。さりとて、骸を鞘番所に運び込んで、そろそろ半刻にもなろうというのに南町組の連中からは何の音沙汰《おとさた》もありません。南町組の様子から推《お》し量って、南町奉行所の同心でもないような、そんな気もしますが、いやはや、まこと摩訶《まか》不思議なことで」

首を捻った松倉に、八木が口をはさんだ。

「いずれにしても厄介極まる」

顔を小幡に向けて、八木がことばを重ねた。

「小幡、おまえの出しゃばりが、余計な面倒ごとを背負い込む結果を招いたのだ。舟の上で睨み合いをつづけて、南の連中が動き出すのを待っているべきだった。そのうち、しびれをきらして南町組が骸を引き上げたに違いないのだよ」

眉をひそめた小幡が、口を尖らせて応じた。

「いかに先輩の八木さんといえども、その言い様、我慢できません。おれは、着流し巻羽織の同心が、川に浮いているのを見つづけることが忍びなかったのです。同じ同心の職にある身として、これ以上、死に恥を晒《さら》させたくないと、ただその一心で」

遮《さえぎ》るように八木がことばを発した。

「小幡、おぬしは若いよ。実に青すぎる。まだまだ経験が足りぬよ」

「何ですって。聞き捨てなりません。おれはたしかに若い。が、決して青くはない。それなりに働いて、鞘番所の役に立っているつもりです。なにゆえ、青いといわれるのか」

うんざりした顔つきで八木が応えた。

「そう吠えたてるな。たしかに、その骸は着流し巻羽織の、八丁堀《はっちょうぼり》同心としか見えない出で立ちをしている。だがな」

「だが、何です」

睨《ね》めつけた小幡に、呆れかえったように八木が舌を鳴らした。

「着流し巻羽織の、いかにも同心でございますという格好をしているからといって、八丁堀同心とはかぎらないのだぞ」

「それは、しかし、そんなことが」

思い当たることがあったのか、小幡が口を噤《つぐ》んだ。

じっと小幡を見つめて八木がいった。

「武士になった気分を味わいたくて、町人が武士に変装して町中を歩き回る。その逆で、武士が町人姿になって遊びに出かける。さほど珍しいことではない。着流し巻羽織の同心の出で立ちをして、町にさまよい出た奴がいてもおかしくはない。そうはおもわぬか」

「しかし、十手は、持っていた十手は、われわれ同心が持ってる十手と同じものです。決して偽物《にせもの》ではありません」

「おそらく、懇意《こんい》にしている同心から借りたのだろう。いまのところ、この骸は、同心の格好をしているが北町のものか、南町の配下か、よくわからぬ。偽同心かもしれぬといったところが現実だ」

「そういわれれば、その通りですが」

うつむいて、小幡が黙り込んだ。

ふたりのやりとりが一段落したのを見届けて、錬蔵が小幡に声をかけた。

「小幡、いま安次郎《やすじろう》が、急ぎ骸の顔あらためをしてもらいたい、と記したおれの書状を携えて北町奉行所の年番方与力笹島《ささじま》様を迎えに行っている。おれたち鞘番所詰めの者たちは、はっきりいえば、いろいろと問題のある、扱いにくい輩《やから》との烙印《らくいん》を捺《お》され て、北町奉行所から厄介払いされた身だ。役務上生じた最小限の事柄以外、北町奉行所に出入りすることはない。当然のことながら、ここ数年の間に、新たに同心に任じられた連中の顔はわからない。それゆえ、笹島様に御出馬を願ったのだ。笹島様がいらっしゃれば、少なくとも北町の同心かどうかはわかるだろう」

「北町の同心ではないとわかったら、どうされます」

問うてきた溝口に錬蔵が応えた。

「まず鞘番所詰めの南町組に声をかける。南町組に顔あらためをする気がないと見立てたら、直接南町奉行所へ骸を運び込む。それから後のことは成り行き次第だ」

にやり、として溝口が応じた。

「どうやら御支配は、何やら訳ありの骸と見立てておられるようですね。おもしろいことになりそうだ」

「たとえ偽同心だとしても、着流し巻羽織の、一目で同心とわかる出で立ちの者がすれ違いざまに、何者かに斬り殺されたのだ。なぜ息の根をとめられたか、とことん調べ上げるのがおれたちの役務だ」

視線を走らせた錬蔵に、緊迫を漲らせて一同が強く顎《あご》を引いた。

夕七つ（午後四時）過ぎ、安次郎とともに笹島が鞘番所にやってきた。

溝口と八木、松倉と前原は二人で一組となって深川の岡場所の見廻りに出かけている。小幡は錬蔵に命じられて、鞘番所内で笹島がくるまで待機していた。

用部屋に顔を出すなり、立ったまま笹島が文机《ふづくえ》の前に座る錬蔵に告げた。

「骸はどこにある」

「北町組の吟味場に」

応えた錬蔵に、

「まず骸をあらためよう。骸が北町奉行所の同心だったら、すぐ奉行所へもどり、御奉行に知らせねばならぬ。同心が何者かに殺されたとなると、内々で処理せねばならぬ。北町奉行所の面目にかかわる大事だ」

したがう安次郎を振り向いて、笹島がことばを重ねた。

「吟味場へ向かう。案内してくれ」

「こちらへ」

浅く腰をかがめて安次郎が踵《きびす》を返した。

錬蔵が腰を浮かす。

文机の前に座っていた小幡が、あわてて立ち上がった。

吟味場では、骸をはさんで錬蔵と笹島が片膝をついて顔あらためをしている。錬蔵の背後に小幡と安次郎が膝を折って控えていた。

骸の顔を見つめていた笹島が、顔を錬蔵に向けた。

「北町の同心ではない」

「となると、南町奉行所の同心ということになりますな」

問いかけた錬蔵に、笹島が応じた。

「そうとはいいきれぬ。わしも南町の同心すべての面体《めんてい》を見知っているわけではない。見習い同心など新たに役務についた者、内勤の者たちの顔はわからぬ」

「そうでしょうね。もっとも、深川鞘番所詰めの南町組の連中にも、新参の同心の顔はわからぬかもしれません。私たち北町組同様、上役や同役たちとの折り合いが悪く、厄介払いをされて鞘番所詰めを命じられた者たちですから」

「いまの南町奉行土屋越前守《つちやえちぜんのかみ》様は、地獄の沙汰《さた》も金次第、を絵で描いたようなお方だ。多額の袖の下を掴ませれば、科ある者にもお咎《とが》めなしの裁《さば》きをつけられる。御奉行がそうだから配下の与力、同心たちも表沙汰にならぬ悪事は握りつぶす、目こぼしはするで、捕らえた科人の数がいちじるしく減ったと聞いている」

「ここでも、いままで、南町組の者たちが捕物で出役したのを見たことがありませぬ。そのかわり見廻りにはよく出ております」

「他の町中でも似たようなものだ。久しぶりに呑み交わしたいが、まだ仕事が残っている。これで引き上げるぞ」

「急な呼び出しに出張っていただき、ありがとうございます」

「閑《ひま》をみつけて遊びにこい、妻も待っているぞ」

微笑《ほほえ》みながら笹島が立ち上がった。

「此度の一件が落着したら、必ずうかがいます」

腰を浮かせた錬蔵が笑みをたたえて笹島に応じた。

三

表門の前で笹島を見送った後、錬蔵は潜《くぐ》り門からなかに入り、門脇にある小者詰所に顔を出した。小者たちは交代で障子窓を細めに開けた窓辺に座り、人目につかぬように出入りする者を見張っている。

大番屋の両開きの表門は、出役や科人を引き立てるなど、多人数で動く時以外は閉められている。鞘番所に詰める与力、同心、手先たちは門の端に設けられた潜り門から出入りしていた。

潜り口の片開きの戸には閂《かんぬき》はかけられていなかった。深川、本所《ほんじょ》には岡場所が点在している。見世見世は深更まで開いていた。いつ何時揉め事が起きるかわからない。同心や手先たちは夜回りに出ることが多かった。いつ帰るかわからない役務についている鞘番所に詰める者たちが、勝手に出入りできるように潜り口の戸は開けっぱなしになっていた。

鞘番所の潜り口の戸に閂がかけられていないことを、深川の住人のほとんどが知っている。なかには不心得者《ふこころえ》がいて、悪戯《いたずら》半分に入ってくる者もいた。そのたびに見張っている小者たちが六尺棒を手に飛び出して、

「怪しい奴。許さぬ」

と容赦なく六尺棒を振り下ろし、時には痛烈な一撃をくれて、門の外へ追い出した。

見張り所ともいうべき小者詰所の表戸を開けた錬蔵に、小者たちが一斉に顔を向けた。見張り番以外の小者があわてて姿勢をただして座り直した。

「これは北の御支配、急ぎの用でもありますか」

小者頭が声をかけてきた。

なかに入ることなく、錬蔵が告げた。

「南町組支配の片山《かたやま》殿がもどってこられたら知らせてくれ。おれは用部屋にいる」

「承知しました」

応えた小者頭に、

「頼む」

と短くいって、錬蔵が表戸を閉めた。

用部屋へ向かって歩を運びながら錬蔵は、吟味場に置いてある同心とおもわれる骸のことを考えている。

（北町奉行所の同心でないことは明らかだ。南の同心だとすれば、骸を小幡が引き上げ、鞘番所に運び込んだことを知っているのに、なぜ南町組の連中は骸の顔あらためにこないのだ。南の同心ではないと判じた上でのことなのか。わからぬ）

胸中でつぶやいて錬蔵は首を傾げた。

骸の所持していた十手も大小二刀も使い込まれたものだった。十手には鋼《はがね》を受け止め、ぶつけあった痕《あと》が無数に残っていた。大刀にも刃こぼれがある。おそらく何度か斬り合ったことがあるのだろう。

同心の格好をして町のなかを歩きたかった町人が、伝手《つて》を頼って、同心の誰かの身につけていた衣だけでなく、大小二刀と十手も借りたのかもしれない。

しかし、骸が腰に帯びていた大小は、日頃から二刀を差し慣れている武士でなければ、まともには歩けないほどの重さだった。

重さに慣れていなければ、刀の重さに耐えかねて、右肩があがり、左足をひきずりながら歩くことになる。

（あの骸、どう考えても本物の同心としかおもえぬ）

胸中で錬蔵は、そうつぶやいていた。


暮六つ（午後六時）を告げる時の鐘が聞こえてくる。

用部屋で錬蔵は文机に向かっていた。溝口たちが差し出してきた日々の勤書《つとめがき》に目を通している。

深川鞘番所に詰めている同心たちは、書付を書いたり、日々、同じことをすることが、生来、性に合わない連中だった。いまでこそ、見廻りの刻限や探索の手順だけは守るようになったが、勤書や奉行所へ持って行く入牢証文などの作成は、いまだに、本来書付をつくるべき同心から話を聞いて、松倉がひとりで書いている有様だった。

すべて同じ、松倉の筆跡で書かれたそれぞれの勤書には、土地のやくざ一家と浅草《あさくさ》など余所《よそ》からやってきたやくざたちとの喧嘩《けんか》について記されている。いずれも見廻っているところからは離れた場所で起きていて、喧嘩の起きたあたりで後から聞き込んだ、とある。

鞘番所に詰める同心や手先たちが深川の、どのあたりを見廻っているか、おおよその刻限は決まっていた。

(ひょっとしたら土地のやくざ一家に喧嘩を仕掛けるべく、深川に乗り込んできた余所者のやくざたちは、鞘番所の同心や手先たちが、何時、どこを見廻っているか知っているのではないか)

ふと湧いた思案を、錬蔵は即座に打ち消していた。深川の住人ならともかく、余所の土地を縄張りとするやくざたちが知っているはずがない、と考えたからだった。

不思議なことに、やくざたちの喧嘩は岡場所に遊客《ゆうかく》がやってくる前の、いわば色里らしく装いをはじめるために支度《したく》する頃合いにかぎられていた。

そのせいか、深川の岡場所にある見世見世には、やくざたちの喧嘩は客足が遠のいて困るほどの変化を与えていなかった。

勤書を読むかぎり、喧嘩をした双方に死人は出ていなかった。数々の修羅場《しゅらば》を踏んできた錬蔵は、そのことに、どこか釈然としないものを感じている。

（刃物三昧《ざんまい》の沙汰、と勤書には書いてある。長脇差《ながどす》を手にしたやくざたちが喧嘩をする。つまるところ、命のやりとりをするということだ。本気で斬り合えば、命を失うか、深傷《ふかで》を負う者が必ずでてくるはずだ。が、腕の一本も切り落とされた様子はない。なぜだ）

思案を推しすすめた錬蔵のなかで、再び湧きでたおもいがあった。

（どちらか一方が、本気で喧嘩をしていないのだ。端《はな》から引き時を考えて喧嘩を仕掛けているとしか考えられない）

が、次の瞬間、その推測もまた、錬蔵は強く打ち消していた。

端から、大事になる前にやめるつもりで、喧嘩を仕掛ける者などいない。そんな半端な喧嘩を仕掛けても、何の得もないはずだ。それが錬蔵が出した答であった。

読み終えた勤書を錬蔵は文机に置いた。

空を見据える。

思索にふけるときに為す、錬蔵の癖ともいうべき所作だった。

このまま用部屋にいて小者の知らせを待つより、小者詰所で、片山の帰りを待つべきだ。帰ってきた片山を小者詰所の前で呼び止め、強引に吟味場へ連れて行く。一度、南町組の支配用部屋に引き上げたら、片山はおれの呼び出しには応じないだろう。そう判じた錬蔵は、小者詰所に向かうべく、悠然と立ち上がった。

なかに向かって声をかけ、表戸を開けた錬蔵に、小者たちがあわてて姿勢をただした。

「大滝だ。入るぞ」

足を踏み入れるなり錬蔵が告げた。

「南町組支配を、ここで待つことにした。座敷には上がらぬ。板敷の上がり端に腰をかける」

そう告げた錬蔵が後ろ手で表戸を閉めた。

南町組の同心たちは、昼八つ（午後二時）過ぎに見廻りに出て、夜四つ（午後十時）前後に酒臭い息を吐きながら、千鳥足で帰ってくる。今夜は、鞘番所に詰めている三人の同心は、すでにもどっていた。

板敷の上がり端に腰をかけていた錬蔵は、柱に背中をもたれかけて目を閉じている。

すでに夜四つを小半刻（三十分）ほど過ぎている。

「お帰りになりました」

潜り口を見張っていた小者が錬蔵に声をかけた。

目を見開いた錬蔵が立ち上がる。

「世話をかけたな」

小者をねぎらって錬蔵が足を踏み出した。


「片山殿」

呼びかけられて片山銀十郎《ぎんじゆうろう》が足を止めた。四角い顔、低い団子鼻、細い目。分厚い唇の大きな口が、やけに目立っている。六尺豊かな大男で、がっちりした体軀《たいく》。猪《い》首《くび》で頭が大きい。くらがりで出会ったら、熊が羽織、袴《はかま》を身にまとって歩いているように見えるだろう。

ゆっくりと片山が振り向く。

「これは北町組支配の大滝殿。ご覧のとおり、おれは酔っている。それに眠い。明日も、おれなりに早い。話すのは、そのうちということにしておいてもらいたい。断っておくが、役向きの話なら、ごめんだ」

ういっ、とおくびをして、歩き出した。

「北町組の吟味場に仙台堀に浮いていた同心の骸が置いてある。当方で調べた結果、北町奉行所の同心ではないことが判明した。今夜、これから片山殿に骸の顔あらためをやってもらえないときには、明日朝一番に南町奉行所に骸を運び込み、ぜひとも顔あらためをしていただきたい、と申し入れる所存。それでもよろしいな」

立ち止まった片山が、ゆっくりと振り返った。

「それでよろしいか、と問われたが、よろしいはずがない、と応えるしかないではないか。貴公がいるかぎり深川は安泰。よき方が鞘番所に詰めてくださったと評判の大滝殿らしいといえば、らしい物言い。身どものように袖《そで》の下をもらうことだけが、おのれの役目と腹をくくっている者には厭味《いやみ》な物言いにも聞こえるが」

酔眼を凝らして片山が錬蔵を睨めつけた。

「骸の顔あらためをしてくれるのなら、ついてきてくれ。吟味場はこっちだ」

ちらり、と片山に目を走らせた錬蔵が足を踏み出した。

歩き出した錬蔵に、

「貴公の御役目大事には呆れかえるよ。呼び止められて酔いが醒《さ》めたというのに、この上、骸をあらためたら、もっと酔いが醒めるだろう。ない金をはたいて、やっと酔っ払ったというのに、これじゃ、金をどぶに捨てたようなものだ。ついてないことはなはだしい」

独り言をいいながら、だらけた足取りで片山が錬蔵につづいた。

吟味場のなかで、骸の傍《かたわ》らで膝を折った錬蔵が莫蓙《ござ》をめくった。

「どうだ。知っている顔か」

中腰になった片山が骸の顔を覗き込んだ。

しばし見据える。

うむ、低く呻《うめ》いた片山が、骸から目をそらした。

「どうだ」

問いかけた錬蔵に骸を見ないようにしながら片山が応えた。

「どこかで見たような気もするが、どこだったか」

「南町奉行所の同心ではないのか」

問いかけた錬蔵を見向きもせず、片山が右手で首の付け根を軽く叩いた。

「もういいか。貴様のおかげで、酔いが醒めた。引き上げさせてもらう」

踵を返した片山に、錬蔵が訊いた。

「いま一度、問う。この骸は南の同心ではないのだな」

問いかけに片山が応えることはなかった。背中を向けたまま、左手を小さく上げただけだった。

吟味場から出ていく片山を、錬蔵が凝然と見つめている。

四

翌朝、錬蔵は用部屋で、前原や安次郎と向かいあって座していた。

昨夜、片山銀十郎が鞘番所へもどるのを待ちかまえて呼び止め、強引に骸の顔あらためをさせたこと、勤書に書かれていた深川に乗り込んできた浅草などのやくざたちが土地《ところ》のやくざ一家と刃物三昧の喧嘩を、あちこちで起こしていることなどを安次郎と前原に話してきかせた。

口をはさむことなく錬蔵の話に聞き入っていた安次郎が、口を開いた。

「旦那は、片山さまが骸あらためをした様子から推察して、吟味場に置かれている骸は南町の同心に違いない、と見立てていらっしゃるんですね」

「そうだ」

にやり、として安次郎がいった。

「旦那が南町奉行所に乗り込んで、骸の顔あらためをしてくれといっても、南の連中は取り合ってくれないでしょうね」

「けんもほろろの扱いをされるだろうな」

「どうなさるおつもりで」

「どうもこうもない。安次郎の顔の広さに頼ろうとおもっている」

「あっしに何をしろと仰有《おつしや》るんで」

「竹屋《たけや》五調《ごちよう》という源氏名で、男芸者として座敷に出ていたころの伝手を頼って、南町奉行所の内情にくわしい奴を見つけだし、聞き込みをかけてくれ。同心のなかで、ここ数日、奉行所に顔を出していない者がいないか調べてもらいたいのだ」

「わかりやした。昔の男芸者仲間にあたれば、二、三日のうちに南町奉行所の事情にくわしい奴を見つけ出せるとおもいやす」

「頼む」

「それじゃ、あっしは出かけやす。男芸者は夜が遅い稼業、朝早いほうが目指す相手を捕まえやすいんで」

腰を浮かせた安次郎に、

「待て」

と錬蔵が声をかけた。

「何か」

座り直した安次郎に錬蔵が、

「此度の探索は何かと掛かりが入り用だろう。これを持って行け」

懐から銭入れを取りだし、安次郎に差し出した。

「そうですかい。それじゃありがたく」

小さく頭を下げて安次郎が銭入れを受け取った。

「銭入れごといただくのは、いささか気が引けやす。申し訳ねえが銭入れを開けさせてもらいます」

銭入れを開いた安次郎が小判二枚を取りだした。

「二両、掛かりとして預からせてもらいやす。銭入れはお返しいたします」

掌に小判二枚を握りしめ、銭入れを錬蔵の前に置いた。

「足りなくなったら、いつでもいってくれ」

置かれた銭入れを錬蔵が手に取った。

懐に入れる。

懐から取りだした巾着《きんちゃく》に小判二枚を放り込んだ安次郎が、

「出かけやす。探索で知り得たことは、明日の朝一番に用部屋で」

無言で錬蔵がうなずいた。

巾着を懐に入れた安次郎が、小さく頭を下げて立ち上がった。

用部屋から出ていく安次郎を見やることなく錬蔵が前原に顔を向けた。

「前原、おまえには、このところ頻発《ひんぱつ》している、深川に乗り込んできて土地《ところ》のやくざ一家に喧嘩を仕掛ける余所者のやくざたちについて調べてもらいたいのだ」

「御支配に拾い上げてもらうまで、土地のやくざの用心棒をやっていました。鞘番所の御支配付きの手先として働いていないまでも、用心棒の頃と変わらぬ付き合いをしてくれている親分もいます。まず、その親分に聞き込みをかけてみましょう」

「そうしてくれ。余所者が、どんなきっかけをつくって喧嘩を仕掛けてくるのか。勤書を読むかぎり、喧嘩を仕掛けてくる頃合いがほぼ似たような刻限だ。しかも、色里が賑わいだす前に引き上げている」

「見廻りに出ても、茶屋の主人たちから、やくざたちの喧嘩を鞘番所で厳しく取り締まってくれという声は聞こえてきません。おそらく主人たちは、下手に御上が乗り出すと、かえって騒ぎが大きくなるかもしれない、と考えて、様子をみているというのがほんとうのところではないかと」

「乗り込んでくるやくざたちの狙いが何なのか、不思議でならぬ。長脇差を振り回して喧嘩しているというのに、死人のひとりも出ていない。怪我人《けが》は出ているようだが、刃物を手にして暴れていれば、はずみで怪我をすることも多々あるだろう」

「剣の修行を始めたばかりの頃、どうにも真剣を持ちたくなって、大刀を上段から振り下ろしたところ、あまりの重さに刀を止められず、おのれの足先を斬ったことがありました。その時の傷は、まだ左の親指に残っています」

「はずみで、子分たちが腕の一本も切り落とされるかもしれない修羅場に行かせるのだ。喧嘩を仕掛けるほうの親分には、それなりに得になることがあるのだろうが、おれには見当もつかぬ」

おもわず錬蔵は首を傾げていた。

つられたように前原も首を捻る。

独り言のように前原がつぶやいた。

「そういわれると、何かおかしい気がしますね。喧嘩を仕掛けて、小半刻たらずで逃げ出していく。同じようなことが何度か繰り返されているということは、喧嘩を仕掛けるほうには、何らかの狙いがあるのではないか、と推測できる。どんな狙いがあるのか」

しばしの沈黙が流れた。

口を開いたのは錬蔵だった。

「喧嘩を売られた深川のやくざ一家には、余所者のやくざが、どんな企《たくら》みをもって乗り込んできているか、見当もつくまい。ただ、喧嘩を仕掛けてきた相手がどこの誰か知っている者がいれば、打つ手はある」

「どんな手立てですか」

「親分か代貸《だいがし》を引っ捕らえて、鞘番所へ連れてきて吟味場で、狙いが何か白状するまで、とことん締め上げる。それだけのことだ」

「大番屋の取り調べは峻烈を極める、と悪党仲間には知れ渡っております。吟味場で責め立てる、と告げただけで、やくざたちは震え上がるでしょう」

「小幡と組んで前原がやっていた見廻り、松倉にやらせよう。出かける前に小幡と松倉の長屋に寄って、おれが話があるから、すぐ用部屋へくるようにとつたえてくれ」

「承知しました。それでは、これにて」

脇に置いた大刀に前原が手をのばした。

用部屋から前原が引き上げてから、ほどなくして小幡が顔を出した。

上座にある錬蔵と向かい合って座るなり、小幡が声を上げた。

「前原さんから、御支配から急ぎ用部屋へくるようにとつたえてくれ、といわれたと聞きましたが、何かあったのですか」

「前原に、新たな任務を命じた。今日から小幡は松倉と見廻ってくれ」

「承知しました。このこと、私から松倉さんにつたえましょうか」

「前原に、松倉にも用部屋にくるようにとつたえてくれ、といってある。もうじき松倉も顔を出すだろう。いままでと見廻る刻限と道筋を変えてみよう、と考えている」

「見廻る刻限と道筋を変える？　何か不都合なことでも起きたのですか」

身を乗り出して小幡が問いかけたとき、戸障子ごしに声がかけられた。

「松倉です」

目を向けて錬蔵が応じた。

「入ってくれ」

戸障子が廊下側から開けられ、松倉が足を踏み入れた。

「みんなの勤書を読んで、疑念が湧いたことがあった」

小幡の傍らに松倉が座るのを見届けて、錬蔵が口を開いた。

「疑念?」

「どんな疑念ですか」

ほとんど同時に松倉と小幡が問うてきた。

「余所から乗り込んできたやくざたちが、土地のやくざに喧嘩を仕掛けている刻限だが、いつも鞘番所が見廻っている刻限とずれている。はたして、これは偶然が為したことなのだろうか」

「御支配は、余所者のやくざたちは、私たちが、いつ、どのあたりを見廻っているのか、道筋と刻限を知っての上で動いているのではないか、と推測しておられるのですね」

応じた松倉に小幡が口をはさんだ。

「もし御支配の推測どおりだとしたら、誰かが私たちの動きを余所者のやくざたちに教えているということになりませんか」

「教えるとしたら南町組の連中か、それとも小者たちか、どちらかということになるな」

応じた松倉に錬蔵がいった。

「誰がやくざたちに教えたかの詮索は無用だ」

「無用ですと」

「それはなにゆえ」

ほとんど同時に声を上げた松倉と小幡を見やって、錬蔵が告げた。

「余所者のやくざが喧嘩を仕掛ける頃合いは、ほぼ同じ刻限だ。松倉と小幡は、いつもとは逆の道筋をたどって見廻ってくれ」

「溝口さんと八木さんも、いつもの見廻りと逆の道筋をたどられるのですか」

訊いてきた小幡に錬蔵が応じた。

「溝口たちにはいままでと同じ動きをしてもらう。おれは、松倉と小幡、溝口と八木が見廻る道筋のなかほどの、土地のやくざたちが群がるあたりを、道筋を決めずに歩き回る」

「喧嘩をしている場に行きあい、仲裁に入って手に余ったときはどうしましょうか」

問いかけた小幡に錬蔵が応えた。

「刀を抜いても喧嘩をおさめろ。傷つけるのはかまわぬが、殺してはならぬ。余所者のやくざをひとりでも、生け捕りにする気で事にあたれ。生け捕りにして責め立て、奴らの企みの一端でもいい。そやつが知っていることを、洗いざらい吐かせるのだ」

無言で、松倉と小幡が強く顎《あご》を引いた。

五

すでに夕七つは過ぎ去っている。

仙台堀に架かる上ノ橋のなかほどで錬蔵は足を止めた。

左右に大川に架かる新大橋や永代《えいたい》橋が見える。

川面には、多くの船が行き交っていた。

それまで水面を我が物顔にすすんでいた荷船と入れ替わるように、お大尽が早々と船遊びに繰り出したのか、屋根船や屋形船の数が増えている。

大川沿いの通りに目を移すと、建ちならぶ茶屋や居酒屋などの店先で、軒行燈《のきあんどん》や提灯《ちょうちん》に火をつける酌婦や仲居たちの姿がちらほらと見うけられた。

まさしく深川は宵《よい》の口にさしかかっていた。

(そろそろやくざ同士の喧嘩が起きる頃。運良く喧嘩の場に出くわすことができればいいが。まずは粘り強くいくしかあるまい)

胸中でつぶやき、錬蔵は歩き始めた。

歩みをすすめながら錬蔵は松倉と小幡のことにおもいを馳せている。

大川に流れ入る仙台堀から二十間川の間、仙台堀と横川が交わるところまでの一帯が松倉と小幡の持ち場だった。

持ち場には櫓下《やぐらした》や家鴨《あひる》など深川の岡場所の多くが含まれており、揉め事の絶《た》えない一帯でもあった。

諍《いさか》いが多発する一帯を、あえて鞘番所最年長の松倉と最年少の小幡の持ち場とした錬蔵の狙いは、年長の松倉なら揉め事の仲裁に入っても、無理矢理力づくで諍いを落着させることはあるまい、という点にあった。

力づくで事をおさめようとすると、かえって揉め事を大きくすることになりかねない。目録程度の小幡の腕では、松倉を無視して、刀を抜くことは滅多にあるまいとも錬蔵は考えていた。

逆に、皆伝の業前《わざまえ》で剣術自慢の傾向がある溝口と、周りの様子を窺《うかが》いながら自分の動きを決める事の多い八木の組は、小名木川と仙台堀の間から、小名木川と横川、仙台堀と二十間川が交わるところの内側の、武家屋敷や寺社の多い一帯を見廻るように指図していた。

武士や僧侶、神官を相手にすることが多い持ち場を見廻ることで、溝口や八木のなかに、常とは違う慎重さが生まれるに違いない、と考えた上での錬蔵の決断であった。

松倉と小幡、溝口と八木の組が、いま、どういう動きをしているか、錬蔵は気になっていた。今朝方、松倉と小幡とは探索について話しあったが、溝口と八木とは、打ち合わせの場を持たなかった。

細かく指図されることを嫌う溝口の性癖を判じて、錬蔵はあえて話しあわなかったのだった。

(いずれにしても、数日のうちには、余所から乗り込んでくるやくざたちのひとりぐらい生け捕りにできるだろう)

そう胸中でおもいながら、錬蔵は歩を運んでいった。

通りの左右に佐賀《さが》町の町家がつらなっている。

ほどなく下ノ橋であった。

いつもは永代橋のたもとから見廻りを始める松倉と小幡だったが、錬蔵と打ち合わせたとおり、今日はいつもの見廻りでは最後の場所、江島橋から動きはじめている。

江島橋を渡りきった先に洲崎《すさき》弁天の甍《いらか》が空を切り裂いて聳《そび》えたっていた。右手の堀のなかには、浮島のように見える木置場がつらなっている。

　ぐるりを見渡して松倉が声をかけた。

「刻限が変わるとこうも景色が変わるものか。いつもは黒い影としか見えない洲崎弁天の本殿がはっきりと見える。そうはおもわぬか」

　笑いかけた松倉に小幡が応じた。

「そうですね。そろそろ見廻りを始めますか。いまから河岸道をすすめば富岡《とみおか》八幡宮近く、永代寺門前町の茶屋の店開きの支度中に間に合います」

　素っ気ない口調の小幡に、一瞬、渋面《じゅうめん》をつくった松倉が、

「そうだな」

と短く応え、小幡を見向くことなく歩き出した。

　半歩遅れて小幡がつづいた。


　その頃、前原は富岡八幡宮の一角を縄張りとする不動《ふどう》一家の代貸嘉三郎《よしさぶろう》と、永代寺表門前にある茶店の、緋毛氈《ひもうせん》をかけた縁台に腰をかけ話しあっていた。

　数日前、不動一家は鳥居につづく通りの両側につらなる露店を見廻っている途中で、参拝者を装った余所者のやくざが、わざと肩をぶつけてきたのがもとで喧嘩にな

っていた。たがいが長脇差を抜き合って斬り合っている。

そのときのことをおもいだしたのか、呆れ顔で嘉三郎がいった。

「いま考えても、わけがわからねえ。『野郎、わざとぶつかってきやがったな』とぶつかってきた張本人が怒鳴《どな》ったかとおもうといきなり殴りかかってきた。そうなると、こっちもいきりたって怒鳴り返す。そしたら、長脇差を抜きやがった。こっちも長脇差を抜くしかねえ」

「喧嘩を売ってきた奴らに見覚えはないのか」

問いかけた前原に嘉三郎が応じた。

「みんな、初めて見る顔で」

「今後、どこかですれ違うようなことがあったら、そやつらだと、すぐに見極められるか」

「それが、そこらへんのところがどうも」

ことばを切って嘉三郎が首を傾げた。

しばしの沈黙があった。

顔を前原に向けて嘉三郎が口を開いた。

「怒鳴り合って、いきなり刃傷沙汰になったんで、相手の顔をよく覚えていないんですよ。何しろ、いきりたつと、みんないつもとは違った顔つきになりますんで」

苦笑いして前原が応じた。

「そうだろうな。おれも斬り合いになると顔つきが変わる」

「どうやら、あまり役に立たなかったようで。申し訳ありません」

「気にするな。余所者が乗り込んできて、土地のやくざに喧嘩を仕掛けて、一暴れして逃げ去るという騒ぎがあちこちで起きている。いまのところ死人は出ていないが、この先、出ないとはいいきれない。大事にならないうちに始末をつけようとおもって、聞き込みにまわっているのだ」

「そうですかい。本気で鞘番所の方々が乗り出してくださるのなら、あっしも親分に相談して、付き合いのある一家の親分衆に鞘番所を手助けしないかと持ちかけてもらいます。で、動いてくださるのは、やはり北町組の旦那方だけで」

「そうだ」

「南町組の旦那方は何もしないで、袖の下をもらうために、せっせとあちこちの岡場所を歩き回る、というのがあっしの見立てで」

厭味な笑みを浮かべて嘉三郎がいった。

苦笑いで前原が応じた。

前の通りを富岡八幡宮へ参拝にきた人たちが行き交っている。宵の口になっている
せいか、さすがに人の数はまばらになっていた。

いつも前原が見慣れている光景であった。

瞬間、前原のなかで湧いて出たおもいがあった。

顔を嘉三郎に向けて、前原が訊いた。

「この間、乗り込んできたやくざと喧嘩沙汰になったときも、通りの賑わいぶりは、
いまと同じような人出だったのか」

通りに目を向けて嘉三郎が応えた。

「似たようなもんですね」

「往来する人たちが、巻き込まれてもおかしくない賑わいぶりだ。運がよかったのか
もしれないな」

「そういわれりゃ、そうですね。いま考えると奴らが散らばらなかったんで、あっし
らも横並びになって向かっていったというわけでして」

「察するに、喧嘩の相手も横並びになっていたということか」

「そのとおりで」

「そうか」

短く応えて前原は黙り込んだ。

（喧嘩を仕掛けてきたやくざたちは、端から行き交う人たちを巻き添えにしないように心がけていたのかもしれない。もし、そうだとしたら、奴らは何のために、そんなことを）

胸中で前原はそうつぶやいていた。


十五間川の向こう岸に、永代寺の大甍が威風を誇って聳えている。錬蔵は蛤《はまぐり》町の河岸道を歩いていた。

永居《ながい》橋へ向かってすすんでいく錬蔵の目が、富岡八幡宮の境内のはずれと永代寺門前町の間に掘られた永居堀に入っていく屋根船をとらえた。

近くには、櫓下など深川七場所に数えられる岡場所が数カ所ある。永居堀の船着場に接岸した屋形船や屋根船は、それらの岡場所にある茶屋から繰り出した、芸者たちを引き連れたお大尽たちが船遊びするためのものであった。

永居堀に入っていった屋根船が、錬蔵にお紋《もん》のことを思いださせた。お紋は深川の売れっ子芸者で、お座敷に呼ばれた数が最も多い芸者が賞される板頭《いたがしら》に、毎月選ばれている。

そのお紋と錬蔵は、相思相愛の仲であった。だからといって、錬蔵とお紋が、人前でじゃれ合うようなことはない。置屋《おきや》に属しない、自前の芸者であるお紋の住まいに、探索の聞き込みなど、よほどのことがないかぎり錬蔵が出入りすることはなかった。

錬蔵がお紋に会いたくなったら、茶屋へ出向き、座敷に呼んだ。お紋が錬蔵に会いたくなったら、手作りの菜を詰めた重箱を抱えて、昼四つ（午前十時）前に鞘番所にやってくる。

そんな錬蔵とお紋の仲は、知る人ぞ知る公然の秘め事でもあった。

（そろそろお紋が座敷へ出かける頃合い）

ふと湧いた、お紋に会いたいというおもいに、錬蔵は一瞬、途惑《とまど》っていた。

次の瞬間、そのおもいを強く断ち切る。

見廻りの途中で、お紋のことをおもったおのれを恥じてもいた。

（三日前に、鞘番所にきてくれたというのに、長い間、お紋に会っていないような気がする。こころが緩《ゆる》んでいる証だ）

おもわず錬蔵は、苦い笑いを浮かべていた。

うむ、と強く顎《あご》を引く。

気持ちを、探索に切り替えるための所作であった。
目を永居橋へ向けて、錬蔵は一歩足を踏み出した。

二章　俎上之魚《そじょうのうお》

一

鞘番所に錬蔵がもどったのは、宵五つ（午後八時）過ぎだった。潜り門を開けて入ってきた錬蔵に用があるのか、小者が詰所から出てきた。

足を止めた錬蔵に、歩み寄ってきた小者が小声で話しかける。

「さきほど安次郎さんがもどってこられて、御支配あての伝言を頼まれました。御支配の用部屋で帰られるまで待っている、とのことです」

「わかった。前原や同心たちは帰ってきたのか」

「暮六つ半頃に帰られました」

「ご苦労」

小者に声をかけ、錬蔵は歩き出した。

前原、溝口や松倉の組には、何の動きもなかったのだろう。安次郎が何をつかんできたのか楽しみだ。そうおもいながら錬蔵は歩を移した。

用部屋に入ってきた錬蔵が向かい合って座るのを待ちきれぬように、安次郎が声を上げた。

「旦那の耳に入れておきたいことがありますんで」

「南町奉行所の内情を調べてくれる相手をみつけだしたか」

問いかけた錬蔵に安次郎が応じた。

「朝から、昔の男芸者仲間四人を訪ねました。四番めにあたった歌之介《うたのすけ》の幼なじみに、南の同心から十手を預かっている朝造《あさぞう》という岡っ引きがいたんで、頼みたいことがある。仲立ちしてくれ、と頼み込んだら、家にいるかもしれない。これから出かけようということになりました」

「会えたのか、朝造に」

「幸い、朝造親分は住まいにいたんで、話をして、南町の同心で、ここ数日、姿がみえない者がいないか、と訊きました」

「朝造は、何といっていた」

「自分は町なかを歩き回っていて、この三日、奉行所に顔を出していないんでわからない。今日か、遅くとも明日にでも顔を出して、門番にそれとなく声をかけて聞き出してきましょう、といってくれました。明晩、暮六つ半（午後七時）に、〈河水楼《かすいろう》〉で酒を呑みながら、話をしよう、ということになっています。岡っ引き相手に豪勢すぎる酒席だとおもいましたが、河水楼なら朝造親分も必ずやってくるだろうとふんで手配りしやした」

「それでいい。ところで土左衛門の同心の話はしたのか」

「していません。朝造親分には、あっしが深川鞘番所北町組の手先として動いているということは、あらかじめつたえておりやす。細かい話をすると、朝造親分も何かとやりにくい気分になるんじゃねえかとおもいやして」

「北と南は、町奉行所同士で何かと張り合っている間柄だ。調べごとについて細かい話をすると、朝造も立場上、困る場合もあるだろう。知りたいのは、南の同心で、行方知れずになっているとおもわれる者がいるかどうかの一点だけだ」

にやり、とした錬蔵が安次郎を見やって、ことばを重ねた。

「朝造が何も訊かずに引き受けたところをみると、安次郎、朝造に鼻薬をかがせたな」

苦笑いした安次郎が頭をかきながら応じた。

「一両、紙に包んで渡しました。歌之介には、骨折り賃で一分《いちぶ》握らせました。申し訳ありませんが、河水楼の飲み食い代は、旦那に払ってもらうしかありません」

ぺこり、と安次郎が頭を下げた。

懐から銭入れを取りだした錬蔵が、開いて、なかから三両つまみだした。

「何があるかわからぬ。裸ですまぬがとりあえず三両、渡しておく」

手にした三両を、錬蔵が安次郎の前に置いた。

「旦那に余計な気遣いをさせちまった。こんなことになるのなら、この前、旦那が出してくだすった銭入れを、かっこつけないで、全部受け取っていればよかった。今度は、遠慮なく受け取らせてもらいます」

前に置かれた小判三枚を手にとった安次郎が、懐から取りだした巾着に押し込んだ。

「明後日の朝には、朝造の調べた結果を聞けるのだな」

「ここ数日、南町奉行所に顔を出していない同心はひとりもいないなんて結果になるかもしれませんが」

申し訳なさそうに安次郎がいった。

「探索に無駄は付きものだ。あの骸が南の同心ではない、と判明したら、どこの誰か調べつづけるだけのことだ」

「そういってもらえると、気が楽になりやす。ところで」

身を乗り出して安次郎が、ことばを重ねた。

「是非、旦那の耳に入れておきたいという話は、朝造親分のことではないんで」

「どんなことだ」

問いかけた錬蔵に、安次郎が応えた。

「実は、お紋のことでして」

「お紋が、どうかしたのか」

問いを重ねた錬蔵の脳裏に、三日前に訪ねてきたお紋の顔が浮かんだ。

（いつもと変わらぬように感じたが、お紋は、おれに心配をかけまいとおもって、いつもと同じように振る舞っていたのかもしれぬ）

胸中で錬蔵は、そうつぶやいていた。

「男芸者たちから聞いて、あっしも驚いたんですが、この二月《ふたつき》つづけて、お紋は板頭の座から転がり落ちているそうでして。いままでの売れっ子ぶりが嘘のように、お座敷がかかるのは、一晩に一度あるかどうかという有様だと、口を揃《そろ》えて男芸者たちがいっておりました」

板頭とは、深川の検番で、筆頭の地位にある芸者を意味することばである。お紋は、ここ数年、板頭の座にありつづけていた。

「お紋とは、三日前に会ったが、何もいっていなかったな」

「お紋は、気っ風《きっぷ》と粋《いき》が売り物の、深川芸者を絵に描いたような女。惚れた旦那に弱みのひとつも見せるはずがありませんや。旦那だって、そのあたりのことは、よくおわかりのはずで」

安次郎のいうとおりだった。以前、探索のさなか、人質にとられたお紋は、

「お紋の命を助けたければ、刀を捨てろ」

と、対峙する錬蔵に迫った悪党がお紋の喉元《のどもと》に突きつけた大刀に、自ら躰をぶつけようとしたことがあった。お紋の、錬蔵を助けようとした捨て身の動きが、悪党たちを驚かせ、一挙に事件を落着に導いた。そのときの光景が、錬蔵の脳裏に甦っていた。

「お紋に、何かあったのか」

問いかけた錬蔵に安次郎が応えた。

「男芸者たちは、異口同音に、三月《みつき》前に、呼ばれた座敷で起こした騒ぎが、お紋をいまの有様に追い込んだんじゃないか、といっておりました。男芸者たちから話を聞い

たあっしも、たぶん、そのことがもとで、お紋にかかる座敷の数が減ったんじゃねえかとおもっております」

「お紋が起こした騒ぎとやらを、できるだけくわしく話してくれ」

「あっしが男芸者四人から聞いた話をかいつまんでまとめると、こんなことでして」

一膝すすめて口を開いた安次郎の話に、錬蔵はじっと聞き入っている。

二

三月前のこと、深川七場所のひとつ櫓下にある茶屋〈観月《かんげつ》〉で、その騒ぎは起こった。

両替屋河内屋《かわち》が、遊び仲間の廻船問屋遠州《えんしゅう》屋を引き連れて芸者、男芸者など二十数人を呼んで、盛大な宴席をもった。

河内屋は、大坂で三本の指に入る両替屋で、四月前に江戸に出店を開いてから次々と得意先を増やして、江戸有数の大店《おおだな》になる日も、そう遠くないだろうと噂《うわさ》されている商人であった。

河内屋は深川の遊所がよほど気に入ったらしく、このところ、毎晩得意先や、お供を引き連れて、深川七場所のあちこちの茶屋に登楼し、深更まで派手に遊びまわっている。遊びが豪勢で金離れがよいせいか、深川の茶屋の主人たちは、自分の見世の常連客にしようと、ありとあらゆる手をつくして河内屋のご機嫌をとりむすんでいるのだった。

その河内屋が、観月の主人から、

「お紋という深川一の売れっ子芸者がいる。声をかけましょうか」

といわれて、お紋を座敷に呼んだ。

やってきたお紋は、河内屋と遠州屋に挨拶《あいさつ》代わりに酌をした後、観月の主人にせがまれて、一差し舞った。

「気に入った。お紋、これから贔屓《ひいき》にするで。わいの盃《さかずき》を受けてくれ」

と盃を差し出した河内屋に、踊り終えた場に手をついてお紋が告げた。

「観月のご主人さまから、どうしても顔だけ出してくれといわれて、出ていたお座敷を抜けてやってきた身、申し訳ありませんが、すぐにも前のお座敷にもどらねばなりません。これにて失礼いたします」

そういって河内屋に笑みを向け、お紋はそそくさと引き上げていった。

河内屋が呼びかけても振り返る素振りも見せずに去って行くお紋を、あわてて観月の主人が追いかけた。

追いついた主人がお紋に、

「大事なお客さまだ。座敷にもどっておくれ」

と頼んだが、

「日頃、お世話になっている観月のご主人さまのお顔は立てました。先に呼んでくださったお客さまのお座敷を大事にしなければ、芸者稼業の筋がとおりません。このこと、河内屋さんにおつたえくださいませ」

と、きっぱり断って、その夜は帰っていった。

宴席にもどった主人が、お紋のことばをつたえると河内屋は、

「ますます気に入った。今度はお紋を買い切りにするぞ」

といって一気に盃の酒を飲み干し、深更まで大騒ぎして引き上げていった。

その帰り際、

「わいの座敷でお紋を一夜買い切りにしたい。手配りしてくれ。日取りが決まったら、わいの店に使いを寄越してくれ。それまで観月に顔を出すことはない」

と河内屋にいわれた主人は翌朝検番にかけあって、お紋を観月の座敷に呼ぶ段取りをつけた。

さすがにお紋は売れっ子であった。一夜、看板までお紋に座敷をつとめさせるためには、十日待たねばならなかった。

主人は、お紋を座敷に呼ぶ日時を記した書面を男衆に持たせて、河内屋へ走らせた。河内屋からは、

〈あっと驚く趣向を凝らした酒宴にするつもり。手配り賃として金十両、男衆に預けてある。受け取ってくれ。河内屋〉

との書状が返ってきた。

そして十日後……。

河内屋は、遠州屋のほかに、大きな箱を四個ほど担いだ男たちを引き連れて観月にやってきた。

夕七つ（午後四時）を告げて、時の鐘が鳴り終わったばかりである。まだ店を開く前の支度に追われていた主人はおおいにあわてた。

それでも酒宴にあてがうつもりでいた広間に、河内屋たちを案内した主人に河内屋が告げた。

「趣向の支度があるので、酒肴《しゅこう》を運び込むのは半刻（一時間）ほど後にしてくれ。そ

うだな。茶ぐらいは出してもらってもいいか」

茶を運んだ仲居たちが怪訝そうな顔つきでひそひそ話をしている。

気になった主人が、

「河内屋さんのお座敷で何かあったのかい」

と問いかけると、仲居たちが顔を見合わせた。

「どうしたんだい。主人の私にいえないようなことがあるのかい」

問いを重ねた主人に仲居のひとりが応じた。

「旦那さん、男たちが担いできた箱のひとつに千両箱が入っていたんですよ。私らは、お茶を運んできました、と声をかけたら、入っておくれ、といわれたんで襖《ふすま》を開けたんです。男ふたりが、箱を開けて千両箱を畳の上に置くところだったんですよ。千両箱なんて、初めて見たんで、ほんとに驚きました」

仲居のいうとおりだった。千両箱を見ることなど、仲居稼業の女たちにとって一生に一度あるかなしの出来事だったに違いないのだ。

千両箱は、河内屋さんが書状に書いてきた、

〈あっと驚く趣向〉

の小道具のひとつなのだろう。そう判じた主人は、

「お客さまのお座敷で見聞きしたことを、決して外で喋《しゃべ》るんじゃないよ」

と口止めして、その場を離れたのだった。

やがて、河内屋の酒宴が始まる刻限になった。お座敷に呼んだお紋たち十四人の芸者の顔ぶれも揃ったのを見届けた主人は、芸者たちを座敷に呼び入れる前に河内屋に挨拶しておこうと、広間に顔を出した。

広間に足を踏み入れた主人は、座敷の真ん中に置かれた大きな天秤《てんびん》に目を見張った。天秤棒を支える支柱の高さは六尺余はあるとおもえた。

その傍らには、千両箱四つが積まれてある。

半ば反射的に主人は、河内屋に問いかけていた。

「これは、何のために使う道具で」

表情ひとつ変えずに河内屋が応じた。

「あらかじめつたえておくべきだったのかもしれぬが、わいはお紋が気に入った。今日、身請けするつもりや」

「身請け？」

呆気《あっけ》にとられた主人が、顔の前で手を横に振ってことばを重ねた。

「お紋を身請けするなど、とても無理。お紋は芸と気っ風が売り物の自前の芸者、暮らす金には困っておりません。幾《いく》ら金を積んでも、身請けは無理でございます」

「巨額の金を目の前に積まれても、お紋は絶対にわいが申し入れた身請けを断る。そういいきれるのだな」

「そうでございます。酒の席での座興ということなら、お紋も軽く受け流すでしょうが、河内屋さんが本気で身請けをしたいと申し入れられると、やんわりとお断りするはず。しつこく身請けを迫られると、お紋の気性からみて、さっさと座敷から出て行ってしまうに違いありません」

「おもしろい。金の力は強い。百万石のお大名でも、金を借りるときには頭を下げるご時世。自前の芸者とはいえ、売り物買い物の芸者稼業のお紋が、多額の金に頭を下げぬはずがない。あんはんが、何といわれようと、わいはお紋を身請けしてみせる。わいは、先夜、わいの威光に逆らったお紋に、わいの力、金の力をおもいしらせてやりたいのや」

含み笑った河内屋を、主人が呆れかえって見つめている。

座敷の真ん中に、天秤棒の両端に大きな木皿を下げた天秤の装置が置いてある。天秤の装置の傍らには千両箱が四つ積まれてあった。

芸者や男芸者たちが、固唾を呑んで見つめている。

その場は、ただならぬ気配に包まれていた。

芸者たちの目は、天秤装置のそばに座っている河内屋と遠州屋、向かい合うお紋と観月の主人に注がれている。

誰が見ても、主人が困惑しているのは明らかだった。

不機嫌を露わに、お紋が河内屋を睨みつけている。

薄ら笑いを浮かべた河内屋が、肩をならべて座る遠州屋に話しかけた。

「遠州屋はん、おまはんは、わいとは長い付き合いや。わいが、一度いいだしたことは、梃子《てこ》でもひかん気性やということは、よくご存じやろ。お紋さんに、わいがどんな手立てをとっても、わいの望みを果たすということを教えてやっておくれよ」

「河内屋さんあっての遠州屋、いくらでもお先棒を担がせてもらいますよ」

応えた遠州屋がお紋に顔を向けた。

「お紋、意地を張らずに河内屋さんに身請けされたらどうだい。河内屋さんは、お紋に天秤の一方の皿に座ってもらい、もう一方の皿に千両箱から取りだした小判を積んでいき、お紋の乗った木皿が浮き上がった金高に千両足して、身請け金にすると仰有っているんだ。端から千両儲かる話なんだよ。断るなんてもったいない話だよ」

「身請けしたいなんて話、この座敷に出て、はじめて耳にしたこと。あらかじめ身請けの話を聞いていたら、あたしゃ、この座敷に出ていません。観月の旦那さんの顔を立てる意味で、ここに座っているだけですよ。さっきから何度も断っているじゃありませんか」

観月の主人に顔を向けて、お紋がことばを重ねた。

「旦那さん、もう勘弁してくださいな。いままで何度も呼んでいただいた義理もあって、ここにいるんですよ。旦那さんから、河内屋さんにはっきりいってくださいな。お紋は身請けされたくないといっている。この話は、ここで打ち切ってください、と」

薄ら笑いを浮かべて遠州屋が口をはさんだ。

「観月さん、いいんですか。この場の成り行き次第では、河内屋さんは二度と観月さんに顔を出しませんよ。それどころか、おもわぬ災いが観月さんに降りかかるかもしれない。観月さんのためには、お紋を口説き落とすことだけが身を守る唯一の手立てですよ」

わきからお紋が声を上げた。

「何だよ、いっていいことと悪いことがあるよ。脅《おど》しをかけているように聞こえるじゃないか。観月の旦那さんに弱みなんか、ありはしないよ」

再び、主人に顔を向けてお紋がことばを継いだ。

「旦那さん。ここまでとさせてくださいな。これ以上のお付き合いはごめんです。花代はいりません。引き上げさせてもらいます」

いうなり、お紋が裾を蹴立《けた》てて立ち上がった。河内屋たちを見向くことなく踵を返し、足を踏み出した。

座敷から出ていく。

あわてて立ち上がった主人が、

「お紋、待ってくれ。これ以上身請話はしないから、せめて座敷だけはつとめてくれ。お紋」

声をかけながら追いかけていく。

渋い顔つきの遠州屋が上目遣いに河内屋を見やった。

口をへの字に結んだ河内屋が目を細め、お紋の立ち去った方を身じろぎもせず睨めつけている。

三

用部屋から安次郎が出て行った後、錬蔵は、安次郎から聞いたお紋と上方の両替屋河内屋の、身請話にかかわる諍いの経緯を、頭のなかで反芻《はんすう》していた。安次郎が聞き込みをかけた男芸者四人のうちのひとり、岡っ引きの朝造に引き合わせた歌之介が、たまたまお紋の身請話が出た観月の酒席に呼ばれていて、その場の様子を細かく話してくれたという。

この二月ほど、お紋が板頭の座から遠ざかったのは、観月での、河内屋が持ち出した身請話を、お紋が門前払い同様に断ったことが原因なのではないかと、男芸者たちが噂している、と安次郎はいっていた。

身請けの申し入れを断られた河内屋が、金にものをいわせて、裏から手を回し、さまざまな手立てを使って、お紋に厭がらせをしているに違いない、と男芸者たちは見立てているのだろう。錬蔵はそう考えている。

その場の様子から判じて、河内屋は、満座のなかでお紋に恥をかかされた、とおもっているかもしれない。

が、次の瞬間、錬蔵はその思案を強く打ち消していた。

河内屋は上方では、大店中の大店ともいえる両替屋である。その河内屋の主人が、遊びの場で呼んだ芸者に虚仮《こけ》扱いされたぐらいのことで、厭がらせをするだろうか、とのおもいが湧いてきたからだった。

（お紋のことは気になるが、いまは骸と化した同心が何者か突き止めることが大事。ここ数日のうちに骸が臭い始めるはず。残された時は少ない。この件が落着したら、お紋の住まいを訪ねて話を聞くことにしよう）

そうおもいながら、長屋へもどるべく錬蔵は立ち上がった。

翌朝、錬蔵はお俊《しゅん》が届けてくれた朝餉《あさげ》を食した後、空になった皿や飯碗などを洗って、箱膳に入れた。用部屋へ向かう支度をととのえ、箱膳と小ぶりな米櫃《こめびつ》を抱えて長屋を出る。

以前、女掏摸《すり》だったお俊は、とある事件がきっかけで錬蔵と知り合い、改心して、いまは前原のふたりの子の母親代わりをしながら、前原の長屋に同居している。もともと錬蔵に恋慕《れんぼ》していたお俊だったが、錬蔵がお紋と相思相愛の仲であることを知り、しょせん叶わぬ恋、と諦めたという、いわくつきの過去を持つ女だった。

鞘番所に住みついて一年ほど過ぎた頃、お俊が前原と話しあい、独り身の錬蔵のために朝餉をつくって箱膳に入れ、錬蔵のもとへ運んでくるようになった。錬蔵があらかじめ、

「都合があって、明日の朝飯は食べることができぬ」

とつたえぬかぎり、お俊は錬蔵のところへ朝餉を入れた箱膳と、ひとり用の米櫃を運んできてくれる。

ありがたいことだと、つねづね錬蔵はおもっていた。

あからさまに態度に出すことはないが、前原がお俊に密かな恋心を抱いていることを錬蔵は察している。

が、すべてお俊と前原が決めること、成り行きにまかせるしかない、と判じて、錬蔵がふたりの間に立ち入ることはなかった。

返しにきた錬蔵から、箱膳と米櫃を受け取ったお俊が長屋に入るのと入れ替わりに前原が出てきた。すでに大小二刀を腰に帯び、探索へ出かける身支度をととのえている。

「御支配、知らせておくべきかどうか迷っていたのですが、やはりおつたえしたほうがいいとおもったので出てきました」

「骸の腐敗が始まっているはず、とりあえず骸をあらためたい。吟味場までつきあってくれるか」

「骸のことは、私も気になっておりました。お供します」

無言でうなずいて、錬蔵が歩き出した。前原がつづく。


吟味場で、横たえられた同心の骸の両脇にしゃがみこんだ錬蔵と前原が、骸をあらためている。

うむ、と首を傾げた錬蔵が、あらためるためにめくった莫蓙を骸にかけ直した。

立ち上がった錬蔵に前原がならう。

「骸がかすかに異臭を発し始めている。もって、あと二日か」

「私も、そう判じます。あと二日のうちに骸の身元を突き止め、身内の者に顔あらためをしてもらう。そういう動きができればいいのですが」

首を捻った前原に錬蔵が応じた。

「腐敗がすすみ、骸が強烈な異臭を発する前に、深川にあるどこぞの寺に葬らねばなるまい。偽同心かもしれぬが、八丁堀同心としか見えぬ出で立ちをしている者、粗略に扱うわけにはいくまい」

「私が、骸を葬ってくれる寺をあたりましょうか」

「吟味場にくる道すがら、前原から聞いた不動一家の代貸嘉三郎がいってくれた、親分に話して、つきあいのある一家の親分たちに鞘番所の手助けをしないかともちかけてもらうという話、すすめるべきだとおもう。前原は、一刻も早く嘉三郎をつかまえ、できれば嘉三郎とともに親分に会い、鞘番所に手を貸してくれ、と申し入れてきてくれ。骸を葬る寺探しは、おれが動く」

「承知しました。ただちに出かけます」

「頼む」

会釈して前原が踵を返した。

吟味場から出ていく前原を、しばし見送っていた錬蔵が莫蓙をかけられた骸に目を移した。

南町奉行所の岡っ引きが、骸の身元にかかわるようなことを聞き込んできてくれたらいいが。いずれにしても今夜のうちにはわかる。安次郎のことだ、手がかりになりそうな話を聞いてきたら、たとえ深更になっても、おれの用部屋に顔を出すはず。そうおもいながら錬蔵は、横たわる骸を凝然と見つめている。

骸と化した同心が腰に帯びていた大小二刀と十手は、同心詰所に置いてある。同心詰所は、同心たちが見廻りに出たときは、無人になる。小者たちが鞘番所に出入りする者を見張っていて、不審な者を目に留めたら声をかけ、大番屋から追い出すことになっている。

が、小者が鞘番所に入ってきた者を見落とすこともあるだろう。その人物が同心詰所をのぞいて無人だと知り、同心詰所に足を踏み入れ、置いてあった大小二刀と十手を見つけて持ち出すおそれもある。

今夜の安次郎と岡っ引きの朝造との話し合いで、南町奉行所の同心のなかで、行方知れずになっている者がいることがわかったら、明朝早く前原に骸の大小二刀と十手を持たせ、八丁堀の、その同心の屋敷へ向かわせよう、と錬蔵は考えていた。

かつて前原は北町奉行所同心として、八丁堀にある屋敷に住んでいた。妻が奉公人と間男し、駆け落ちしたことを恥じた前原は、自ら同心の職を辞し、行方をくらましたのだった。

以前住んでいただけに前原は、八丁堀のことはよく知っている。が、一方、夜逃げ同然に八丁堀から去って行った前原について、こころよくおもっていない住人もいるはずであった。

最初は骸が南町奉行所の同心であるとの見込みがたったら、安次郎を八丁堀に行かせようと錬蔵は考えていた。骸の屋敷を訪ねさせ、大小二刀と十手を家人にあらためてもらうつもりだった。

端から錬蔵は、溝口ら同心たちを八丁堀の同心屋敷に出向かせようとはおもっていなかった。北町奉行所の同心の職にある溝口たちが南町奉行所の同心について調べることは、日頃から何かにつけて競争意識の強い南北、両町奉行所の間に、いらざる軋《あつ》轢《れき》を生み出すおそれがある。錬蔵はそう判じていた。

骸が誰かを突き止めるために八丁堀へ行き、骸の家人とおもわれる者に会って、十手など骸の身につけていた品をあらためてもらえ、と命じたら前原はどうおもうだろう。

おそらく前原は、

「いまさら昔の恥を蒸し返すようなことはやりたくない」

と躊躇するだろう。

が、いまの鞘番所のなかには、この任務を果たせるものは前原しかいない、と錬蔵は考えていた。

同心詰所に置いてある骸の所持していた大小二刀と十手を、おれの用部屋へ運んで保管しておくべきだ。そう断じた錬蔵は、同心詰所へ向かって足を踏み出した。

骸が帯びていた十手などを用部屋へ移した錬蔵は、見廻りに行くために用部屋を出た。

見廻りの途上、どこぞの寺を訪ねて住職に、

「訳ありの骸を葬りたい」

と頼まねばならない。

いったん葬った後、顔あらためをするために掘り返すかもしれない骸であった。掘り返すおそれのある骸を、

「葬ってくれ」

と頼み込むことができる住職は誰か、頭のなかで探りながら、錬蔵は鞘番所を出た。

小名木川に架かる万年橋を渡り、大川沿いの道を歩きながら、錬蔵は骸を葬る先を思案し続けた。

仏の教えだけを頑《かたく》なに守る頭の固い住職や、お布施《ふせ》の多寡《たか》で檀家《だんか》の扱いが変わるような坊主は、おれの頼みを引き受けてくれないだろう。

一度葬った仏を掘り起こしても、そのことが仏にとってよいことならば、墓を掘り返すことも厭《いと》わない、融通無碍《ゆうずうむげ》な、それでいて確固たる自分の信念を持っている住職など、滅多にいない。

骸の身元が南町奉行所の同心だと判明した場合は、同心の菩提寺《ぼだいじ》に骸を移すことになるに違いない。自分の寺にいったん葬った仏を他の寺へ移す。寺の面目にもかかわりかねない、そんな厄介なことに首を突っ込んでくれる住職がいるかどうか。思案を深めながら錬蔵は歩を運びつづけた。

四

その日は、錬蔵の見廻った道筋では、何事も起きなかった。

錬蔵は深川大番屋北町組支配という立場上、ほとんどの深川の寺院の住職とは顔見知りだった。

見廻りが終わるまで、錬蔵は住職たちのことを考えつづけた。しかし、いずれも、

〈帯に短し襷《たすき》に長し〉

と諺《ことわざ》にあるように、この人しかいない、と決めつけるには、どこか足りなかっ

た。

結句、錬蔵はどの寺院にも立ち寄ることなく、暮六つ半（午後七時）頃、鞘番所にもどってきた。その折り、溝口たち四人の同心や前原が、少し前に帰ってきた、と小者から知らせてもらっている。

すでに刻限は、夜の五つ半（午後九時）を過ぎていた。

小半刻（三十分）ほど前に、松倉が用部屋に日々の勤書を届けにきた。

「昨日は勤書を出しそびれました。申し訳ありません」

と恐縮しながら、松倉の代筆した溝口、八木、小幡の分六枚と、松倉自身の勤書二枚を錬蔵に手渡して、引き上げていった。前原は、錬蔵が朝餉の箱膳を返しに前原の長屋に行ったとき、報告を受けることになっている。蛤町の裏長屋に住んでいる安次郎は、その日の夜か、翌朝五つ（午前八時）過ぎに前日起きたことを知らせにくる。話が深更に及んだときには、錬蔵の長屋に泊まっていくこともあった。

受け取った勤書に錬蔵が目を通す。

〈とくに目立った動きなし。余所者のやくざらしき者の姿を見た、との噂も聞かず〉

二日分とも、松倉以下四人、同じなかみが記されてあった。

この日、錬蔵は安次郎は必ず、朝造から聞き込んだことを知らせにやってくると推断していた。錬蔵は、深更九つ（午前零時）まで、用部屋で安次郎を待つ気でいる。

腕枕をして横になった錬蔵は、この二月の間に起きた揉め事について、ひとつずつ反芻していった。

いまだ身元不明の同心の土左衛門を引き上げた日から、現在までの成り行き。余所者のやくざが深川に乗り込んできて、土地のやくざ一家に喧嘩を売って、刃物三昧の小競り合いを起こして、ほどのいいところで逃げ去る騒ぎが頻発《ひんぱつ》していること、その小競り合いが鞘番所の同心たちが見廻る刻限をはずして起きていることなど、どう動けば、手がかりがつかめるか考えつづけた。

結句、どうどう巡りをするだけで思案は何ひとつまとまらなかった。

いまのままのやり方でいいのか。錬蔵は、何度もおのれに問いかけてみた。

が、新たな探索の手立てはおもいつかなかった。

うむ、と唸って錬蔵が半身を起こしたとき、戸襖《とぶすま》ごしに声がかかった。

「旦那、遅くなりやした。入りますぜ」

座り直して錬蔵が応じた。

「安次郎か。入れ」

戸襖を開けて安次郎が用部屋に足を踏み入れた。

目が合うなり、安次郎が、にやり、とした。

「顔つきからみて、上々の首尾だったようだな」

声をかけた錬蔵と向かい合って座りながら、安次郎が応えた。

「図星で」

「南町奉行所の同心で、このところ奉行所に顔を出していない者がいるのだな」

身を乗り出すようにして安次郎がいった。

「三日ほど前から、潮田格太郎《しおたかくたろう》という名の、臨時廻りの同心の姿が見えないそうで」

「南町奉行所のなかで、潮田格太郎が出仕しないのを不審におもう者はいないのか」

「朝造親分の話では、門番や小者仲間では、潮田さんはどうやら、御奉行の指図で内々の探索の任についているのではないか、と噂しているようです」

「南の御奉行の土屋越前守様は、金次第で裁きが変わると陰口を叩かれている、とかくの噂があるお方だ。老中田沼《たぬま》様とは同腹で、大店との付き合いが多い。南町奉行所が大店がらみの事件を扱いたがらないのは、土屋様の意が強く働いているからだ、と聞いている」

渋面をつくって、安次郎が吐き捨てた。

「北町の御奉行、依田豊前守《よだぶぜんのかみ》さまも南の御奉行さまほどではないが、似たようなものですぜ。その証に、米の買い占めをやっていた米問屋を取り締まった旦那を深川大番屋へ追いやったじゃねえですか。旦那がきてから鞘番所の北町組の同心さんたちは、まっとうな調べをやってくださるようになったが、それまではひどいものでしたぜ」

苦笑いして錬蔵が応じた。

「そういうな。いまは、みんなよくやってくれている」

「いや、いわせてくだせえ。住人のほとんどが御法度《ごはっと》で禁じられている隠里《かくれざと》、岡場所にかかわって生計を立てている深川は、厄介な土地柄だ。そのせいか、ほかの大番屋では、吟味のために与力さまが出張ってこられるが、鞘番所には与力さまが詰めて、仕切っていなさる。そうしなきゃおさまらない土地柄だと、御上でもみておられるから、そういう仕組みをつくられたんじゃねえんですかい」

「安次郎のいうとおりだ。次々と築地され、地面が広がっていく深川では、何が起きるかわからぬ、と御上が断じられた結果だろう。ところで、潮田格太郎について、朝造が聞き込んできたことは他にないか」

「門番のひとりが、みょうなことをいっていたと朝造親分が首を傾げていました。なんでも潮田さんは、年番方与力の棚橋貞右衛門《たなはしさだえもん》さんが出かけられるときには、必ず出

かけていた。潮田さんの様子は、まるで棚橋さんをつけているようにおもえた、とい
うことでして」
「潮田が年番方与力棚橋さんの後をつけていたようにみえた、というのか。いつごろ
からだ」
「門番の記憶が曖昧《あいまい》ではっきりとはいえないが、一月《ひとつき》ほど前から始まったような気が
する、とその門番がいっていたそうで」
「一月ほど前か」
独り言《ご》ちて錬蔵が空を見据えた。錬蔵のこころの声が、潮田がなぜ棚橋をつけた
か、探るべきだと告げている。
しばしの沈黙が流れた。
目を安次郎に向けて、錬蔵が口を開いた。
「安次郎、明日から棚橋さんをつけてみてくれ。朝造に頼めば、安次郎に棚橋さんの
姿を拝ませてくれるぐらいのことはしてくれるだろう」
「そのくらいのことは二つ返事で引き受けてくれるでしょうが」
ことばを切った安次郎が、錬蔵を見つめた。
「潮田さんの探索は、やらなくていいんですかい。あっしは八丁堀の住人には顔を知

られていない。あっしにしかできない調べのような気もしますが」

「潮田の調べは、前原にやらせる。前原は八丁堀の道筋にはくわしい。直接、潮田の屋敷を訪ねることができる」

「前原さんを八丁堀へ出向かせるんですかい。前原さんには酷《こく》な話だ」

気の毒そうな顔をしたところをみると、安次郎は、鞘番所の同心たちの誰かから、不祥事があって、前原が夜逃げ同然に八丁堀の屋敷から姿をくらましたことを聞かされていたのだろう。

「探索のため出張るのだ。私情のつけいる余地はない。そのことは、前原も心得ているはずだ」

「そんなものですかね」

「そんなものだ」

溜息をついて、安次郎がいった。

「それじゃ、あっしは棚橋さんをつけまわしやしょう。明日の朝一番に朝造親分のところへ顔を出さなきゃいけない。これで引き上げさせてもらいやす」

「門番が見立てたとおり、潮田が棚橋さんをつけていたとしたら、つけられる理由が棚橋さんにはあるのだ。つけているうちに、その理由が安次郎にもわかるときがくる。おれは、そう見立てている」

「あっしも、そうおもいます。それじゃ、これで」

会釈した安次郎が、身軽に立ち上がった。

五

翌朝、朝餉の箱膳を返しにいった錬蔵は、箱膳を受け取ったお俊と入れ違いに出てきた前原に告げた。

「用部屋で話そう」

長屋の前で立ったまま、前日の動きを報告することが多い。錬蔵のことばに、事件に動きがあったに違いない、と推察した前原は、半ば反射的に問いかけていた。

「動いたのは、土左衛門のほうですか、それとも、土地のやくざに喧嘩を仕掛ける余所者の一件ですか」

「用部屋で話そう」

そう繰り返して、錬蔵が歩き出した。前原がつづいた。

用部屋で上座に錬蔵、向かい合って前原が座していた。前原の前には、骸と化した同心の大小二刀と十手が置いてある。

用部屋に入るなり錬蔵は、保管していた骸が腰に帯びていた大小二刀と十手を取りだし前原の前に置いた。

訝しげに大小二刀と十手を見つめた前原が、物問いたげに錬蔵に目を向けた。

見つめ返した錬蔵が前原に、昨夜、安次郎から報告を受けた、南町奉行所の臨時廻り同心、潮田格太郎が、数日前から町奉行所に顔を出していないこと、潮田が年番方与力棚橋貞右衛門をつけているような動きをしていたことなどを話して聞かせた。

「潮田殿は、臨時廻り同心として、表沙汰にしたくない一件を調べているのではないのでしょうか。臨時廻りが、隠密廻り同心の探索を手伝う。よくあることです」

「そのこと、おれも承知している。が、潮田が内々の任務についていると決めつけるわけにはいかない事柄がある。潮田は棚橋をつけているのではないか、と疑っている門番がいるからだ。万が一にも、潮田が棚橋をつけていたとしたら、見方は大きく変わってくる。棚橋には、潮田からつけられる理由があるということになる」

「たしかに。吟味場で横たわっている骸が、潮田殿であることが突き止められたら、潮田殿につけまわされ、悪事の尻尾をつかまれた棚橋さんが、何らかの手立てで潮田殿を始末したのではないかとの疑念も湧いてきます」

じっと前原を見つめて錬蔵がいった。

「安次郎に棚橋をつけるように命じた」

「安次郎に、棚橋さんを見張らせたのですか」

驚愕した前原に錬蔵が告げた。

「前原には、骸が腰に帯びていた大小二刀と十手を持って八丁堀へ行ってもらう。潮田の屋敷を訪ねて、家人に骸の所持していた物が潮田の持ち物かどうかあらためてもらうのだ」

「承知しました。八丁堀は土地勘のあるところ、南町奉行所の同心たちの屋敷のある一角の道筋もよく存じております。潮田殿の屋敷は、すぐに見つけられるでしょう」

八丁堀に行け、と命じられたにもかかわらず、表情ひとつ変えなかった前原を、錬蔵は驚きをもって見やった。前原のなかでは、過去のことは、すでに終わったこととして始末がついているのだろう。

十手を手にとって、前原がことばを重ねた。

「潮田の家人が、大小二刀と十手をあらためて、潮田の持ち物だと認めたら、どうしますか。私が十手などを手に入れた経緯を話し、潮田の家人を鞘番所へ連れてきますか」

「そうしてくれ」

「わかりました。潮田の家人が屋敷にいて、十手などを潮田の物だと認めたら、遅くとも夕七つ頃には、家人を連れて鞘番所にもどれるとおもいます」

「おれは、昼八つ半には用部屋に詰めている。鞘番所にもどってきたら、帰ってきたことをおれにつたえてくれ、と小者に指図し、そのまま潮田の家人とともに吟味場へ向かってくれ。伝言を聞き次第、おれも、すぐ吟味場へ向かう」

「承知しました。これから出かけます」

大小二刀と十手を手にして、前原が腰を浮かせた。


八丁堀の同心の屋敷が建ちならぶ一角を、大小二刀と十手を入れた大きな風呂敷包みを小脇に抱えた前原が、左右に目を走らせながら歩いていく。

前方を見やった前原が足を止めた。

風呂敷包みを両手で抱えた女が歩いてくる。同心の妻とおもわれた。八丁堀ではよく見かける光景であった。

定町廻りなど探索にかかわる同心は、見廻る先の御店などからの付け届けや袖の下で暮らし向きは豊かだった。が、例繰方《れいくりかた》などの内役は三十俵二人扶持《ぶち》の、あてがわれた家禄で生計をたてねばならぬため、貧しい暮らしを強いられた。それゆえ、内役の同心の妻女は絹問屋などの御店から仕立てものの注文を受け、暮らしの糧にしていた。

近寄ってきた妻女に前原が会釈して声をかけた。

「足を止めさせてすみません。臨時廻り同心の潮田さんの屋敷に届け物があってきたのですが、道に迷ってしまい難渋しています。潮田さんの屋敷がどこか、教えてもらえませぬか」

小脇に抱えていた風呂敷包みを持ち替えた前原が、妻女に小さく掲げてみせた。

足を止められ、最初は警戒の素振りを見せていた妻女だったが、前原が持っている風呂敷包みの形から、なかみが大刀だと察したのか、笑みをたたえて応じてくれた。

「潮田さんの御屋敷は、ふたつ目の辻を左へ折れて」

辻のほうを指差しながら道を教えてくれる妻女のことばに、示されたほうを見やった前原が、じっと聞き入っている。

裏戸からつづく土間に立った前原の前、板敷の間に座った潮田の妻が、上がり端に広げられた風呂敷包みの上に置かれた、大小二刀と十手を身じろぎもせず見据えている。妻は特徴のない顔立ちで、小太り。三十そこそこの年頃とおもえた。

顔を上げた妻が前原を見つめた。

「夫の、潮田の大小二刀と十手です。間違いありません。前原さんがこれらの品を手に入れられた経緯を話してもらえませんか」

こころなしか妻の声が引きつっている。

「堀川に浮いていた土左衛門が腰に帯びていた品々です」

「土左衛門？　それでは夫はすでにこの世の者ではないと」

「そうです。さるところに潮田さんとおもわれる骸を安置してあります。よろしければ、これより骸のところへ案内しますが、どうされます」

「行きます。案内してください。夫の骸を引き取り、菩提寺に葬らねばなりません」

じっと妻を見つめて前原が告げた。

「実は、私は深川大番屋北町組支配の手先を務める者。南町奉行所同心の潮田さんとは、捕物では手柄争いをする間柄の南、北町奉行所、端から北町奉行所にかかわる者と名乗るのは、いささか気が引けました」

「そうでしたか、それでは探索の途上で、潮田の骸を見つけられたのですね」

「骸を引き上げたのは私ではありません。深川大番屋に詰める同心がやったことです。それと、これだけは断っておきます。十手などの品々が潮田さんの持ち物だとしても、骸が潮田さんと判明したわけではありません」

「私が骸の顔あらためをして、初めて潮田かどうかはっきりする、といわれるのですね」

「そうです。まずは、骸の顔あらためをしてもらい、潮田さんだったら、御支配と私が潮田さんの骸を菩提寺《ぼだいじ》へ運ぶのを手伝います。土左衛門を引き上げたのは三日前、骸の有り様からみて、できるだけ早く葬るべきだとおもいます」

はっ、と息を呑んで、妻がうわずった声を上げた。

「夫は、四日前から帰っておりません。臨時廻りの務めゆえ、不意に出役《しゅつえき》することも度々ありました。此度もそうではないかとおもい、下手に騒ぎ立てては夫の恥になるかもしれぬとおもいながら、帰りを待っておりました」

「そろそろ出かけましょう。菩提寺に向かうことになるかもしれない。時が惜しい」

「支度をととのえてまいります。暫時、お待ちください」

そそくさと妻が立ち上がった。

深川鞘番所の北町組の吟味場で、錬蔵と前原、潮田の妻が骸をはさんでしゃがみ込んでいる。

骸にかけた莫蓙を錬蔵がめくった。

露わになった骸の顔を見て、妻が甲高《かんだか》い声を上げた。

「潮田でございます。間違いありませぬ。潮田、で、ございます」

動揺を抑えきれなかったのか、食い入るように潮田の死に顔を見つめながら発した、妻のことばの語尾がかすれて、揺れた。

そんな妻を錬蔵と前原が痛ましげに見やっている。

棺桶《かんおけ》代わりの大桶を載せた大八車の左右に前原と錬蔵、牽《ひ》く小者の脇に妻、後ろから押す小者の一行が、鞘番所の扉の開かれた表門から出ていく。

鞘番所の小者詰所の外壁に身を潜めた同心が、遠ざかる錬蔵たちの一行を見つめている。

外壁から離れて現れ出た同心が首を傾げた。

「棺桶を積んでいるところをみると、ひょっとしたら北町組の奴ら、骸の身元を突き止めたのでは。つけてみるか」

独り言ちて、同心が足を踏み出した。

深更、鞘番所の片山銀十郎の長屋の一間に南町組の同心四人が、胡座《あぐら》をかいて円座を組んでいた。

不満げに同心のひとりが欠伸《あくび》を嚙《か》み殺してぼやいた。

「まもなく日付が変わろうという刻限に叩き起こされて、いい迷惑だ。迎え酒でも呑みたい気分ですよ」

目を向けて片山がいった。

「そうむくれるな、大熊《おおくま》。どうしても今夜のうちに話し合っておかねばならぬことが起こったのだ」

「どんなことですか」

応じた大熊五郎次《ごろうじ》が耐えきれずに大欠伸をした。目つきの悪い、鬼瓦《おにがわら》のような強面《こわもて》の顔が奇妙に歪んで、吠え立てる悪鬼のように見えた。

隣り合う二十代半ばの、一見、狐《きつね》に見える顔立ちの痩せ型の同心が、おそれをなしたのか身を竦めた。

「飯尾《いいお》が怖がっているぞ、大熊。酒に酔って大口を開けると、貴様の顔は赤鬼のように見える。おれの酔いも醒めそうだ。少しはまわりのことも考えろ」

狐目をさらに細めて三好幾介《みよしいくすけ》が追従笑いを浮かべた。

不満げに鼻を鳴らして大熊が応えた。

「好きでこんな顔に生まれたわけではありません。余計なお世話です。それより早く話をしてくださいな。眠くてたまりませぬ」

今度は、口に手を当てて大熊が欠伸をする。

一同に目を走らせて片山がいった。

「実は、見廻りから早く引き上げてきた飯尾が、鞘番所にもどってきたときに、北町組の吟味場のほうからやってくる、棺桶を積んだ大八車を見かけて、あわてて小者詰所の陰に身を隠したそうだ」

ことばを切った片山が、飯尾に目を向けて告げた。

「飯尾、おまえから話してくれ。つけていった張本人が経緯を述べるほうがわかりやすい」

三十半ばの、ぎょろ目の黒目が落ち着きなく動いている、いかにも狡《ずる》そうな目つきの、中肉で小柄な飯尾釜太郎《かまたろう》が身を乗り出した。

「棺桶を積んだ荷車の左右には大滝と前原が付き添って、小者ひとりが大八車を牽き、もうひとりの小者が後ろから大八車を押していた。牽《ひ》いている小者の脇には武家の妻女とおもわれる女が付き添って、道筋を教えているように見えた」

聞き入る一同に飯尾は、大八車が下谷《したや》は御具足《おぐそく》町の蓮花《れんげ》寺へ入っていったこと、使いに出てきた小坊主をつかまえて訊いたところ、棺桶の主が潮田格太郎であり、骸が腐りかけているので今日のうちに葬らねばならない、と聞き出したことなどを話して聞かせた。

苛立たしげに舌を鳴らして大熊が吐き捨てた。

「堀川に浮いていた骸が南町奉行所の同心潮田某《なにがし》だと、よく突き止めましたな。大滝錬蔵を甘く見過ぎていましたね、御支配」

渋面をつくって、片山がいった。

「棚橋さんから深川のさまざまな噂を聞き込んでくれ、と頼まれ、いい小遣い稼ぎになるとおもって引き受けた内々の調べが、こんな面倒なことになるとは、ついてないな。しかし、それにしても棚橋さんをつけていた潮田が、まさか殺されるとはおもってもいなかった」

うむ、と首を捻って片山がことばを重ねた。

「潮田のことは、口が裂けても話すな、と棚橋さんから固く口止めされている。棚橋さんが何をやっているのか、さっぱりわからぬ。わかろうともおもわぬ」

一同に目を向けて、片山がさらに告げた。

「いいか、口は災いのもとという。おれたち南町組の者は、あくまでも堀川に浮いていた骸が潮田だとは知らなかった、としらばくれるのだ。いいな、わかったな」

緊張した面持ちで、大熊、飯尾、三好が大きくうなずいた。

三章　不得要領《ふとくようりょう》

一

夜四つ（午後十時）、錬蔵は鞘番所の用部屋にいた。潮田の骸を入れた棺桶を積んだ大八車を小者たちに牽かせ、潮田の妻や前原とともに、潮田家の菩提寺へ行った錬蔵は、小者たちを先に引き上げさせた後、妻女とともに弔いの手配りを終え、鞘番所へもどったのだった。

吾妻《あづま》橋を渡ったところで前原が、

「昨日の昼過ぎ、縄張りの見廻りに出かけていた嘉三郎が一家にもどってきたところをつかまえて、親分に鞘番所への助っ人を頼みたい。もしよかったら、おれから親分に頼み込む、と申し入れました。嘉三郎は、昨夜来、親分と顔を合わせていない。今日のうちに必ず話しておくので、明日の夜、顔を出してもらいたい、といっていました。これから不動一家に行ってきます」

と、いいだした。

「できるだけ早く親分の返答を聞きたい。用部屋で待っている」

そう応えて錬蔵は、前原と別れたのだった。

近づいてくる足音が、用部屋の前で途絶えた。

間を置かずに声がかかる。

「安次郎です」

「入ってくれ」

応えて錬蔵が文机の前から離れた。

用部屋のなかほどに腰を下ろした錬蔵と向き合うように安次郎が座った。

「朝造親分から引き回してもらって、南町奉行所の与力会所近くまで入り込んで、棚橋さんを見飽きるほど、見させてもらいました」

「この刻限まで、棚橋をつけていたのか」

問いかけた錬蔵に安次郎が応えた。

「南町奉行所の表門近くで張り込んでいたら、夕七つ半頃に棚橋さんが出てきました。棚橋さんは、どこにも寄らずに深川七場所のひとつ、裾継《すそつぎ》にある茶屋〈川長《かわちょう》〉へ入りました」

「裾継の川長へ」

鸚鵡《おうむ》返しをした錬蔵に安次郎がいった。

「川長の男衆には気心のしれた奴がいます。そいつを呼び出して、棚橋さんが誰と酒席をもっているか聞き出しやした」

「誰と呑んでいたのだ」

にやり、として安次郎がいった。

「旦那、驚いちゃいけませんぜ。棚橋さんが呑んでいる相手は、お紋と曰く因縁のある河内屋と遠州屋でさ」

「棚橋が河内屋や遠州屋と酒席をともにしているというのか」

「それだけじゃありませんや。張り込んでいるあっしに気を遣ってくれたのか、聞き込みをかけた男衆がわざわざ見世から出てきて、教えてくれたんでさ。棚橋が今夜は見世に泊まることになった。いましがた相手をする遊女の手配を頼まれたところだ、とね」

「そうか。棚橋は河内屋たちから女もあてがってもらっているのか」

「そんなところで」

無言で錬蔵が空を見据えた。思案するときの錬蔵の、癖ともいえる所作であった。

ややあって、錬蔵が顔を安次郎に向けた。

「ところで安次郎、吟味場にある骸の身元がわかった」

「骸は、南町奉行所の同心潮田格太郎。そうなんですね」

「そうだ。潮田は、棚橋をつけていたようだ、といっていた者がいたな」

「そうです」

次の瞬間、はっと気づいて安次郎がことばを継いだ。

「潮田さんを斬ったのは棚橋の野郎かもしれませんね」

「決めつけるわけにはいかぬ。棚橋について、まだ何ひとつわかっていない。ただし、これだけはいえる。河内屋と遠州屋には、棚橋を手なずけて得することが何かあるのだろう」

「あっしも、そうおもいやす」

「南町組の同心たちは、骸は、同役の潮田だと知っていたかも知れぬ。知っていて知らぬ顔の半兵衛《はんべえ》を決め込んでいたとすれば、上役の指図があって、そうしたのだろう。南町組支配の片山に骸の顔あらためをさせたが、どことなく様子がおかしかった。片山も骸が潮田だとわかっていたのかもしれない」

「旦那は、棚橋が片山さんを動かして、南町組の旦那方を仕切っているとみていなさるんで」

「そんな気もする。安次郎、明日以降も棚橋をつけてくれ。見張っていれば、必ず襤褸《ぼろ》が出てくるはずだ」

「わかりやした。暁七つ前から、川長を張り込みたいんで、今夜はこれで引き上げやす」

「まがりなりにも棚橋は南町奉行所の年番方与力だ。それなりの武術の腕前も持ち合わせているはず。油断なく見張りつづけてくれ」

「心得ておりやす」

笑みをたたえて安次郎が応じた。

安次郎が引き上げてから、小半刻（三十分）ほど過ぎた頃、前原が用部屋にやってきた。

用部屋に入ってきた前原の顔が硬い。

向かい合って座った前原に錬蔵が問いかけた。

「不動一家の親分との話しあい、うまくいかなかったようだな」

苦い笑いを浮かべて前原が応えた。

「嘉三郎が親分に『相次ぐ余所者のやくざとの、刃物三昧の小競り合いをなくすためにも深川の一家が手を組んだほうがいい。親分から付き合いのある親分衆に声をかけてもらえませんか。鞘番所の北町組の御支配も親分の手を借りたい、と仰有っていると前原先生からも聞いておりやす。前原先生が、御支配の気持ちを直に親分につたえたい、といわれて別間におられます』と、切り出した途端」

「親分が、断ったというのだな」

「そうです。親分は、やくざ同士の揉め事は、やくざ同士で始末をつけるというのが渡世の筋道だ。何かと面倒をみてくださる前原先生には申し訳ないが、丁重にお断りしてくれ。色よい返事ができない話だ。会わないほうがいいだろう。今夜のところは、何もいわずに引き上げてもらいたい、と前原先生につたえてくれ、という話でして、みごと門前払いをされてしまいました」

「やくざ渡世の筋道、といわれたら談じ込むわけにもいくまい」

「われながら情けない。申し訳ありませぬ」

前原が深々と頭を下げた。

「気にするな。よくあることだ」

「明日は、どういう動きをすればよろしいので」

「安次郎が暁七つから裾継の茶屋、川長で棚橋貞右衛門を張り込むことになっている。相手は南町奉行所の年番方与力だ。ひとりでつけまわすのは、なかなか骨だろう。ふたりで見張るべきだと、おれはおもう。安次郎には、おれがそういっていた、とつたえてくれ」

「承知しました。しかし、棚橋さんは、なぜ川長におられるので」

「安次郎の聞き込みでは、ともに酒宴をもった河内屋と遠州屋に遊女をあてがわれた、ということだ」

「河内屋と遠州屋は商人。時と場合においては捕らえて裁くことになるかもしれない相手、それが商人です。町奉行所の与力なら、度を過ぎた付き合いは慎むべきだともいますが」

「おれも、そうおもう。が、人それぞれだ。棚橋を手なずけ、何を得ようとしているか、河内屋と遠州屋の狙いが奈辺《なへん》にあるか知るためにも、棚橋をつけまわさねばならぬ」

「わかりました。明朝七つに安次郎と合流します」

「これからだとあまり眠れぬが、引き上げて休んでくれ」

「では、これにて」

脇に置いた大刀に前原が手をのばした。

二

翌日、昼前に錬蔵は、鞘番所を出た。

新大橋の深川側の橋のたもとには局見世《つぼねみせ》が建ちならび、昼間から娼妓たちの引っ張りが多かった。新大橋は町人が維持している橋で、武士以外は橋銭二文を払って渡った。橋銭は積み立てられ、橋の立て替えや修繕賃にあてられた。

渡るのに橋銭のいる新大橋を、土地のやくざ一家に喧嘩を仕掛けるために浜町《はまちょう》界隈のやくざが利用しているかもしれない、と考えた錬蔵は、局見世の顔見知りの男衆に聞き込みをかけるべく、出かけてきたのだった。

懐には、土地のやくざと乗り込んできたやくざが小競り合いした日付などを控えた覚書が四つ折りにしていれてある。一目で町方与力とわかる出で立ちの錬蔵を見て、行き来する男たちの袖を引く女たちが動きを止め、局見世のなかへ消えた。そんな女たちと入れ違いに男たちが出てきて、錬蔵を見つめている。そんな男衆のひとりが、愛想笑いを浮かべて揉み手しながら近寄ってきた。

「鞘番所の旦那、今日は何かありましたか。ご覧になったとおり、あっしらは、いつものように手堅く、真面目に稼いでおりやす。旦那の手をわずらわせるようなことはやっておりません」

ぺこり、と頭を下げた男に、笑みを含んで錬蔵が訊いた。

「手堅く、真面目に稼いでいるか。結構なことだ。おれは、この二月の間に、長脇差を差したやくざ数人が新大橋を渡ったかどうか、訊きにきたのだ」

「このところ相次いでいる、土地のやくざに喧嘩を仕掛ける余所者のやくざの探索ですか。一月ほど前に一組やってきました。怪我人がひとりいて、あわてて逃げるように新大橋を渡っていったんで、よく覚えているんですよ。それ以来、見ていませんね」

「ひとりでもいい。人相を覚えているか」

「覚えていませんね。これといった特徴のない顔つきだったし、小走りに新大橋を渡っていったんで、よく見えなかったというのが、ほんとうのところでして。用心棒を頼んでいるやくざも、逃げていく連中を見てましたが、見たことがない顔だといっていましたね」

「そうか。手間をとらせたな。行っていいぞ」

「お役に立ちませんで」

ぺこり、と男が頭を下げた。

その後、錬蔵は御舟蔵を左手にみながら、吾妻橋へ向かった。錬蔵は浅草や両国《りょうごく》など大川の対岸から深川にやってくる者たちが必ず渡ってくる新大橋など四つの橋の周辺に、聞き込みにまわるつもりでいる。

新大橋での聞き込みで、錬蔵はひとつの手応えを得ていた。一月ほど前に松倉ら同心たちが記した勤書に、余所者と土地のやくざとの小競り合いがあり、双方に怪我人が出ていたことが記されていた。錬蔵の懐に入れてある覚書にも、そのことが書いてある。

吾妻橋から、やってきた道を逆にたどって両国橋、永代橋へとまわると決めている。

(深川の町々を見廻ることも大事だが、余所者がどこからやってきたのか、目星をつけるための聞き込みも必要だろう)

そう考えながら錬蔵は歩を運びつづけた。

「喧嘩だ」

「長脇差を振り回しているぞ」

福島《ふくしま》橋を渡ったところで、突然上がった甲高い声に松倉と小幡は、一瞬、顔を見合わせた。

「一ノ鳥居のほうです」

「急げ」

返した松倉の声より早く小幡は走り出していた。

黒江《くろえ》町の、一ノ鳥居の手前で道行く人たちが左右に割れ、近くの脇道に逃げ込んでいく。

駆け寄る小幡の目が、通りの真ん中で、それぞれ数人ずつ、長脇差を手に対峙しているやくざたちの姿をとらえた。一方のやくざどもが斬りかかる。もう一方のやくざたちは喧嘩慣れしていないのか、悲鳴に似た声を上げて、長脇差を左右に振り回していた。

「深川大番屋の者だ。喧嘩は許さぬ」

走りながら小幡が腰に帯びた十手を引き抜く。

「鞘番所だと」

「誰であろうと喧嘩の邪魔はさせねえ」

振り向いた兄貴分とおもわれるやくざが吠えた。

斬りかかったやくざの長脇差に、小幡が十手を叩きつけて、身を躱《かわ》す。

よろけたやくざの背後に迫った松倉が、

「神妙にしろ」

声を上げ、十手でやくざの肩口を打ち据えようとした。

必死に身を躱したやくざが、はずみで長脇差を横に振った。

やくざを叩き損なった松倉が、勢いあまって踏鞴《たたら》を踏む。

次の瞬間、やくざが振った長脇差が、松倉の右の上腕を切り裂いた。

呻いて、松倉が十手を取り落とす。

右腕を押さえて蹲《うずくま》った松倉に気づいた小幡が、

「松倉さん」

叫んで十手を腰にもどし、大刀を引き抜く。

「おのれ、許さぬ」

やくざに斬りかかった小幡に松倉が大声で告げた。

「斬ってはならぬ。生け捕りにするのだ」

「承知。喰《く》らえ」

峰《みね》に返した大刀を、小幡が上段からやくざに向かって振り下ろす。

悲鳴に似た声を上げながら、やくざが大刀を長脇差で受け止めようとする。

渾身の力を込めて小幡が振り下ろした大刀を、力負けして受け止めきれず長脇差を取り落としたやくざの肩口に、大刀の峰が叩きつけられた。

呻《うめ》き、気を失ったやくざが、その場に崩《くず》れ落ちる。

「やる気だ。逃げろ」

兄貴格の怒鳴り声を合図代わりに、双方の子分たちが一斉に、二手に割れて逃げ出した。

追おうとした小幡に松倉が声をかける。

「二手に別れた。追うのは無理だ」

「大丈夫ですか」

駆け寄った小幡に、腕を押さえたままへたり込んでいる松倉が告げた。

「深傷ではない。それより、気絶したやくざに縄をかけろ。鞘番所まで担いでいけ。責めにかけ、喧嘩をしたわけを吐かせるのだ」

「承知しました」

応えた小幡が大刀を鞘におさめた。

宵五つ（午後八時）前、鞘番所にもどってきた錬蔵に気づいた門番代わりの小者が詰所から出てきた。

「御支配、大変なことが」

かけられた小者の声に、錬蔵が足を止め、振り向いた。

「何事だ」

「松倉さんが腕を斬られました。見廻りの途上、やくざ同士の喧嘩に出くわし、止めに入ろうとされたとき、やくざが長脇差を振り回して」

「避けきれなかったのだな、松倉は」

小者が、どう答えていいか、困惑したような表情を浮かべた。が、それも一瞬のこと。

「私は、その場にはいませんでしたので、そのあたりのところはわかりません。細かいことは小幡さんに訊いてください」

「わかった。で、松倉は、いまどこにいる」

「長屋におられます。松倉さんたちがもどられた後、ほどなくして溝口さんと八木さんが帰ってこられました。小幡さんからいわれて、私が南六間堀町《みなみろっけんぼりちょう》の玄庵《げんあん》先生のところへ走り、往診してもらうよう頼みました。玄庵先生は、松倉さんの手当を終え、半刻ほど前に引き上げられました。松倉さんには、八木さんが付き添っておられます」

「小幡と溝口はどうした」

「小幡さんが、松倉さんを傷つけたやくざを峰打ちにして生け捕り、担いでもどられました。いま、溝口さんとふたりで、吟味場で、捕らえたやくざを取り調べておられます」

「捕らえたやくざ者は、余所者か、それとも土地の者か」

「そのあたりのところは、聞いておりません。申し訳ありません」

小者が頭を下げた。

「気にするな。松倉か小幡に訊けば、わかることだ。おれは、これから松倉の長屋へ向かう。前原と安次郎がもどってきたら、用部屋で待つように、とおれがいっていたとつたえてくれ」

「承知しました」

無言でうなずいた錬蔵が、松倉の長屋へ向かうべく足を踏み出した。

三

松倉の長屋で、夜具に横たわった松倉の枕元に八木が座っている。八木のそばに水を入れた桶が下敷き代わりの雑巾《ぞうきん》の上に置かれていた。

濡れた手拭いを額にあてた松倉をはさんで、八木と向き合うように錬蔵が座している。

手拭いに手をあてて、ぬくもり具合をあらためている八木に錬蔵が訊いた。

「熱が高いのか」

「玄庵先生の見立てでは、おもいのほか傷が深いようで、おもうように腕を動かすことができるまで、三月《みつき》ほどかかるそうです。今日から明日にかけて高熱がでるのでこまめに額を冷やすようにと、いわれました」

「三月もかかるのか」

おもわず発した錬蔵のつぶやきを、松倉が気に病んだ。

「申し訳ありません。動けるようになったら、白布で腕を吊って見廻りに出ます。数日ほど休ませてください」

「見廻りはおれがやる。無理をせずに玄庵先生から、動いてよい、といわれるまで休め」

「申し訳ありませぬ」

だるいのか、松倉が力なく瞼を閉じた。

顔を八木に向けて、錬蔵が告げた。

「これから吟味場へ行く。松倉の看病を頼む」

「承知しました。今夜は寝ずに看病します」

神妙な面持ちで八木が応えた。

吟味場から割れ竹で殴る音と呻き声が聞こえてくる。表戸の前に立った錬蔵の耳に溝口の怒鳴り声が聞こえた。

「吐け。知っていることを洗いざらい吐くのだ。吐かねば、息の根が止まるまで叩きつづける。まだまだ序の口、大番屋の調べは手厳しいぞ」

うむ、とうなずいて、錬蔵が表戸を開けるべく手をのばした。

吟味場に足を踏み入れた錬蔵の目に、壁に備え付けられたふたつの鉄輪に両手を高々と挙げる形で両手首を縛りつけられたやくざの姿が飛び込んできた。

振り上げた割れ竹を溝口がやくざの胸元に叩きつける。激痛にやくざが呻き声を上げた。

やくざをはさんで溝口の向かい側に立った小幡が、割れ竹を振り上げる。

拷問することにこころを奪われているのか、ふたりが入ってきた錬蔵に気づいている様子はなかった。

「そこまでだ」

かけられた錬蔵の声に、溝口と小幡が振り向いた。

「御支配」

「なにゆえの止め立て」

ほとんど同時に小幡と溝口が声を上げた。

ふたりの声に錬蔵が応えることはなかった。がっくり、と首を垂れたやくざに錬蔵が歩み寄る。

やくざの鼻先に手をかざす。

「まだ息はあるな」

振り向いて溝口から小幡へと視線を移し、錬蔵が告げた。

「よいな。殺してはならぬ。せっかく生け捕りにしたのだ。知っているかぎりのことを洗いざらい白状させるのだ。命が尽きぬ程度に責め立てろ。ゆっくりと時をかけて、拷問のあらゆる手立てを駆使して、生きていることが厭になるほどの苦しみを与えつづける。それが大番屋の取り調べのやり口だ。そのこと、忘れてはならぬ」

「承知」

「松倉さんを怪我させた男。つい気持ちが逸《はや》りました」

相次いで溝口と小幡が応じた。

ゆっくりと振り返った錬蔵がやくざの顎を摑み、顔を仰向かせた。

「いっておくが、知っていることを早く吐き出したほうが楽になれるぞ。あんまり頑張りすぎると喋る気力もなくなって、いずれ息絶えることにもなりかねぬ。もっとも、それも覚悟の上のことだろう。せいぜい親分への義理とおのれの意地を貫くことだな」

やくざの顎から手を離した錬蔵が振り向いて、溝口と小幡に告げた。

「いいな。殺してはならぬ。地獄の責め苦を、粘り強く与えつづけ、知っていることのすべてを白状させるのだ」

「承知」

「承知しました」

　ほとんど同時に溝口と小幡が応えた。

「おれは用部屋にいる。何かわかったら、知らせてくれ」

　ふたりの返答も待たずに錬蔵が足を踏み出した。

　表戸を開けて錬蔵が出ていく。

　見届けた溝口と小幡がやくざを振り向いた。

「御支配のいわれるとおりだ。叩きつづけるより、少し休んで、こいつに楽なおもいをさせてやって、今一度激しく責め立てるほうが、責めの辛さを倍に感じるかもしれぬ。そうおもわぬか」

　声をかけてきた溝口に、

「私も、そうおもいます」

　と小幡が応えた。

「それでは、しばし休もう」

「いいですね。ほんとうのところ、叩きすぎて腕がしびれています」

　吟味場の一隅に置かれた縁台に、ふたりが歩み寄った。

宵五つ半（午後九時）過ぎに前原が用部屋に顔を出した。

錬蔵と向かい合って座るなり、前原が口を開いた。

「棚橋さんは、いま櫓下の茶屋〈歌仙《かせん》〉で河内屋や遠州屋と酒席をともにしておられます」

「棚橋は、今夜も河内屋や遠州屋と呑んでいるのか」

「そうです。もとは売れっ子の男芸者だけあって、安次郎の顔の広さには感服しました。今夜も歌仙の男衆に安次郎が声をかけ、棚橋さんが合流した酒宴の主を聞き出してきました」

「河内屋や遠州屋との酒宴つづきか。河内屋たちは何のつもりで棚橋と呑みつづけているのだろう。棚橋を手なずけて、河内屋と遠州屋に何の得があるのか、よくわからぬ」

首を傾げた錬蔵に前原が告げた。

「河内屋と遠州屋は五分の付き合いをしておりません」

「どういう意味だ」

問いかけた錬蔵に前原が応えた。

「これも安次郎が男衆から聞き込んだことですが、歌仙の酒宴の払いはすべて河内屋の懐から出ています」

「河内屋が、酒宴代をすべて払っているというのか」

「他の見世については、まだ調べておりません。が、少なくとも歌仙の分は河内屋が払っています。遠州屋は、河内屋の最も気の合う取り巻きというべき立場かもしれません」

「河内屋は、よほど深川が気に入っているようだな。連夜、深川の遊所に出かけてきている。ただ遊びにきているだけかもしれぬが、何かあるような気がする」

独り言のような錬蔵のつぶやきだった。

「棚橋さんの動きも気にかかります。河内屋と棚橋さんとの間に、何か密約でもあるのではないか。そんな気がします」

うむ、とうなずいて錬蔵が黙り込んだ。

ややあって、錬蔵が顔を上げた。

「これから棚橋が河内屋の酒宴に顔を出しつづけるようなら、河内屋にも尾行をつけねばならぬな。誰に張り込ませるか、同心たちの手先の者たちには、割り当てた深川の町々の見廻りと、揉め事の種を見つけるための聞き込みに精を出させねばならぬ。

深川は、いつ騒ぎが起きるかわからぬ土地柄だからな」

「しかし、手先の者を動かさねば、松倉さんたち四人では、とても河内屋の張り込みまで手がまわらないのでは」

「四人ではない。動けるのは三人だ」

「三人？　誰かが怪我でもしたのですか」

「松倉がやくざたちの喧嘩の場に出くわし、取り締まるべく割って入ったが、やくざ者が振り回した長脇差を避けきれずに右の上腕を斬られた」

「松倉さんが負傷されたのですか。いつか、このようなことが起きるのではないかと心配していましたが」

溜息まじりに前原が応じた。

「松倉を斬ったやくざを小幡が生け捕りにして、いま吟味場で溝口とともに取り調べている。さっき、いきりたった勢いのままに責め上げて、殺すようなことがあってはならぬ、と釘《くぎ》をさしておいた。ふたりとも、おれのことばを聞き入れてくれているはずだ」

「そうおもいます。松倉さんを見舞いたいのですが、いま松倉さんは長屋におられるのですか」

「松倉は長屋で横になっている。玄庵先生の見立てでは、傷はおもったより深い。今夜は高熱が出るかもしれぬが命に別状はない、ということだ、八木がつきっきりで介抱している」

「これから松倉さんの長屋へ向かいます。安次郎と話しあって、明朝五つ半に、南町奉行所の表門を張り込むと決めている場所で、落ち合うことになっています。万が一、安次郎がそこにいないときは、姿を現すまで待つという手筈も決めてあります」

　笑みをたたえて錬蔵がいった。

「その張り込みのやり方、安次郎からいいだしたのか」

「御支配の見立てどおりです」

「安次郎らしい心遣いだな」

「ありがたいことです。ふたりで歌仙を見張っているとき、突然、安次郎が『夜は、事件でも起きないかぎり棚橋が、あちこちに出かけることはないでしょう。前原さんには、佐知《さち》ちゃんと俊作《しゅんさく》ちゃんというかわいい子供がいる。昔、やっていた稼業の名残《なごり》であっしは夜にはめっぽう強い。その代わり、昼の張り込みは前原さんにまかせて、あっしは前原さんの後ろで仮眠をとらせてもらいます』といいだしてくれたのです」

「安次郎のいうとおりだ。前原には、できるだけ子供たちのそばにいてやってほしい」

苦い笑いを浮かべて錬蔵が、ことばを重ねた。

「いつも、そうおもっているのだが、常に人手が足りぬ有様。前原には、すまぬとはおもうが、どうにもならぬ」

「気遣いはご無用です。私がいなくとも子供たちには母代わりのお俊がついています。実の母でも、ああはいくまいとおもうほどのお俊の子供たちへの心配り。ありがたいかぎりです」

「以前、お俊は事あるごとに『探索を手伝わせてくれ』とおれに申し入れてきたものだが、このところは、その素振りも見せなくなった。子供たちに情が湧いたのだろうな」

「佐知も俊作もお俊には、よくなついています。傍目《はため》には、実の母子のように見えるはずです」

急に真剣な顔つきになって前原が、ことばを重ねた。

「御支配、お願いがあります」

「どんな願いだ」

突然、前原が両手を突き、顔を畳に擦りつけんばかりに深々と頭を下げた。

「私は身を粉にして働きます。その代わり、お俊が、探索を手伝いたいと申し入れてきても、断ってください。私は子供たちに、お俊を失う悲しみを味わわせたくないのです。お願いします」

しげしげと前原を見つめて錬蔵が告げた。

「頭を上げろ、前原。その願い、聞き入れよう。ただし」

「ただし、とは」

「お俊が勝手に動きだすかもしれぬ。お俊に、そういう気配がみえたらおれにつたえてくれ。そして、前原、お俊が動きそうになったら、おまえがその動きを止めるのだ」

「そのこと、心に刻み込んでおきます。子供たちのこと、お俊のこと、何とぞよろしくお願いいたします」

再び前原が、深々と頭を下げた。

四

「勘弁してくれ。知っていることは、すべて話す」

凄まじい溝口の割れ竹の一撃に、身震いしてやくざが絶叫した。

「まずは、おまえと一家の名だ。早くいえ」

頰に押しつけていた割れ竹を、溝口が少しはずした。

「蛇骨《じゃこつ》一家の貫太《かんた》。親分は蛇骨の駒十《こまじゅう》。浅草浅草寺《せんそうじ》脇から新堀あたりまでを縄張りにしている一家で」

息もたえだえに応えた貫太に、割れ竹を振り上げ、小幡が怒鳴った。

「何のために深川のやくざたちに喧嘩を仕掛ける。わけを話せ」

「わけは知らねえ」

「知らぬはずがない。ありていに白状しろ」

吠えた小幡が割れ竹で貫太を打ち据える。

「ほんとだ。ほんとに、知らねえ。勘弁してくれ」

叫んだ貫太の頰に溝口が、再び割れ竹の先端を押しつけた。

「隠し事をすると、絶え間なく責めつづける。息の根が止まるまでな」

冷ややかで、凄みのある笑みを溝口が浮かべた。

かつて深川のすべての遊所に巣くう破落戸《ごろつき》たちから、北の同心溝口半四郎に睨まれたら、いずれ手足の一本も斬り落とされる。姿をみかけたら逃げるにかぎる、と恐れられた頃の溝口を彷彿《ほうふつ》とさせる顔つきだった。そばにいる小幡も、怖《お》じ気《け》を震うほどの凄さが溝口にあった。

「嘘じゃねえ。ほんとに知らねえ。親分に指図されて、やってることだ。親分は、『一家の稼ぎになることだ。本気で喧嘩するんじゃねえ。おちょくって派手に騒ぎたて、頃合いをみて、さっさと逃げてこい。それと、深川に遊びにきている素人《しろうと》衆をまきこんじゃいけねえ』といっていた。親分は誰かから金をもらって頼みを引き受けたんだ。頼み主が誰か、親分しか知らねえ。おれは何も知らねえ」

恐怖にかられたのか貫太が、甲高《かんだか》い声で一気に喋りつづけた。

話し終えた貫太が、力つきたのか、強く目を閉じた。

無言で、溝口と小幡が顔を見合わせる。たがいの目が、貫太からは、これ以上のことは聞き出せぬ、と語り合っていた。

振り向いた溝口が、ゆっくりと割れ竹を貫太の頬から離す。

割れ竹の支えがなくなった貫太が、がっくりと首を垂れる。

そんな貫太の顎を溝口が摑み、顔を仰向かせた。

「貫太、一休みさせてやる。夜が明けたら、蛇骨一家まで道案内してもらおう。いいな」

「何でも、何でもいうことをききやす。もう勘弁してくだせえ。勘弁」

肩を震わせ、貫太が嗚咽《おえつ》し始めた。

暁七つ（午前四時）、鞘番所の裏門から出てくる三人の人影があった。

腰縄をつけられた貫太と、縄の一端を握った小幡と肩をならべた溝口であった。

先を行く貫太に溝口が声をかけた。

「貫太、逃げる素振りを見せたら叩っ斬る。容赦しないぞ」

「逃げません。ただ、鞘番所を出る前にかわした、蛇骨一家まで案内した後、旦那たちが乗り込む前に、あっしを逃がしてくださるという約束、守ってもらえますよね」

「武士に二言はない」

「旦那たちの殴り込みに手を貸したことがばれたら、あっしは親分か一家の兄貴分に殺されます。あっしは死にたくねえ。命が惜しいんで」

「わかった。無駄口を叩くな。さっさと行け」

「行きます。蛇骨一家まで案内しやす」

肩を落とした貫太が、力ない足取りで歩いていく。

すすみながら小幡が溝口に小声で話しかけた。

「ほんとにいいんですか、御支配の許しを得なくても。私たちだけで蛇骨一家に乗り込んで、親分を捕らえてくるという策、うまくいけばいいが、万が一、しくじったら御支配からどんなお叱りがあるか、いささか心配です」

「御支配に、蛇骨一家に殴り込み、親分を引っ捕らえてきたい、と申し入れたら、おそらく許してくださらないだろう」

「多分、そうでしょうね」

「時が過ぎれば過ぎるほど状況は悪くなっていく。すすめられる時には一気に事をすすめていく。それが最良の策だと、おれは信じている。深川に乗り込んで土地のやくざと、遊びにきた客たちに迷惑をかけぬ程度の喧嘩をしてこい、と親分の駒十は子分たちに指図している。駒十を責め上げれば、駒十に深川のやくざの一家に喧嘩を仕掛けるように頼んできた奴が誰かを、突き止めることができる。御支配には慎重すぎるところがある。許しを得るまでの時が惜しい」

「それはそうですが」

「小幡、いまおれたちは、蛇骨の駒十を生け捕りする、ただそれだけのために行動するのだ。余計なことは考えるな」

「わかりました。蛇骨一家に乗り込んで、とことん暴れまくります」

ふっ切れたのか、小幡がきっぱりといいきった。

背中を丸めて走ってきた貫太が、町家の外壁に身を寄せた。

肩を上下に揺らして息をととのえながら、貫太が走ってきたほうをじっと見つめた。

「親分、すまねえ。深川大番屋の旦那たちが蛇骨一家に殴り込む手伝いをしてしまった。親分を売るつもりはなかったんだ。けど、命を惜しむ気持ちに負けちまった。勘弁しておくんなせえ。ここでおいとまいたしやす。二度とお目にかかることはございません」

ぺこり、と頭を下げた貫太が、見ていたほうに背中を向け、走り去っていく。

凄まじい風切り音を発して、峰に返した大刀が振り下ろされる。

肩口に峰打ちの一撃をくらったやくざが、呻き声を発して、その場に崩れ落ちた。

蛇骨一家の表戸を蹴破って殴り込んだ溝口と小幡が、子分たちと激しく斬り合っている。

右手に大刀を提げた溝口が、長脇差を構えたやくざたちを鋭く見据えた。

「おれたちは、蛇骨の駒十親分に訊きたいことがあってきたのだ。おまえら子分には用はない。怪我したくなかったら、おれたちの邪魔をするな」

「親分は渡せねえ。くらえ」

左右から突きかかってきた子分ふたりに向かって、溝口が右から左へと刀を振った。

骨の折れる鈍い音が、間をおくことなく、二度つづいた。

ふたりの子分が長脇差を取り落とし、右手上腕を押さえて倒れ込む。激痛にのたうった。

大刀を八双に構えた溝口が、取り囲む子分たちを見渡す。

「これ以上、行く手を妨げること許さぬ。逆らえば斬る」

峰を返していた大刀を、溝口がもとにもどした。

少し離れたところで、峰を返した大刀を手に、取り囲む子分たちと睨み合っている小幡に溝口が声をかけた。

「小幡、おれは峰打ちするのをやめた。これからは、こ奴らを、容赦なく斬り捨てる。おまえもそうしろ」

「承知」

応えた小幡が、峰に返していた大刀を、握り直してもとにもどした。

右下段に構えたまま、溝口が奥へ向かってよばわった。

「蛇骨の駒十、出てこい。出てこなければ、子分たちに怪我人が増えるぞ。子分がかわいかったら、おれたちの指図にしたがうのだ」

奥へ向かって溝口が一歩足を踏み出す。

気圧《けお》された子分たちが、一斉に後退《あとじさ》った。

さらに一歩、溝口が、小幡が奥へ向かってすすむ。

子分たちが、溝口たちの動きにつれて身を移した。

大刀を八双に置いた溝口と、右下段に構えた小幡が、子分たちを鋭く見据えながら奥に向かって歩を運んでいく。

五

朝五つ（午前八時）過ぎ、用部屋へ向かうべく歩みをすすめていた錬蔵は、用部屋の前の廊下に立っている溝口と小幡に気づいて、足を止めた。

人の気配に、溝口と小幡が振り向く。

「御支配、話しておかねばならぬことができました」

神妙な面持ちで溝口が声をかけてきた。小幡の顔もこころなしか引きつっている。

「話は用部屋で聞く。入れ」

「入ります」

応えた溝口が用部屋の戸障子に手をのばした。

上座にある錬蔵と向かい合って座るなり、溝口と小幡が畳に両手を突いて、深々と頭を下げた。

「どうした？　生け捕りにしたやくざを責めすぎたか」

頭を下げたまま溝口が応じた。

「やくざの名は貫太、浅草の蛇骨一家の子分でした」

「何かわかったか」

「貫太は親分の蛇骨の駒十から、金になるから深川のやくざに喧嘩をふっかけ、小競り合いして引き上げてこい。くれぐれも遊びにきた連中を巻き込むな、といわれてやってきただけで、他のことは何も知りません。これ以上、責めても時が無駄に過ぎるだけだと判じて、貫太と取引をしました」

「取引をした？」

鸚鵡返しをした錬蔵に、顔を上げることなく溝口が応えた。小幡は、さらに頭を下げ、畳に額を擦りつけんばかりにして、躰を竦めている。

「蛇骨一家へ道案内しろ。殴り込んで親分を生け捕りにする、といったら、貫太は、そんなことをしたら親分や兄貴たちに殺されると怖じ気を震います。仕方がないので、一家まで案内したら逃がしてやる、といい含め、一家まで案内させ、逃がしてやりました」

「逃がした。どういうことだ」

穏やかな物言いだったが、問いかけた錬蔵の声音には、聞く者を威圧する強いものが籠もっていた。

顔を畳に擦りつけて溝口が応じた。

「申し訳ありませぬ。これ以上時はかけられぬ、と判断いたしました。私と小幡で蛇骨一家に斬り込み、親分、蛇骨の駒十を生け捕りにし、吟味場の折檻《せっかん》柱に縛りつけてあります。これから、責め上げて洗いざらい吐かせる所存」

じっとふたりを見つめて錬蔵がいった。

「無茶なことをする。無事にすんだからいいようなものの、蛇骨一家に凄腕の用心棒でもいたら、命を失ったかもしれぬぞ」

「その点は抜かりなく貫太に問い質し、一家に住み込みの用心棒がいないことを聞き出しております」

平伏したまま応えた溝口に、苦笑いした錬蔵が告げた。

「今後、事後に報告してくるようなことをしてはならぬ。わかったな」

「承知しております」

「胆《きも》に銘じておきます」

ほとんど同時に溝口と小幡が声を上げた。

「やり方はともかくお手柄だったな。どれ、蛇骨の駒十とやらの面体、あらためさせてもらおうか。吟味場へ行くぞ」

笑みをたたえていった錬蔵が、悠然と立ち上がった。

吟味場の折檻柱に蛇骨の駒十が後ろ手に縛りつけられている。

その前に錬蔵、左右に溝口と小幡が立っている。

猪首で、相撲取りをおもわせる体軀。墨で書いたような太い眉、髭面の駒十が細い目をさらに細めて錬蔵を睨みつけている。

「なるほど、いい面構えだ。こ奴の吟味、手こずりそうだな」

横目で溝口を見て、錬蔵が声をかけた。

「根比べには慣れております」

不敵な笑みを浮かべて溝口がいった。

目を光らせて、小幡がうなずく。

「おれは用部屋にいる。何かわかったら知らせてくれ」

「承知しました」

応えた溝口につづいて、

「あらゆる手立てを使って、必ず吐かせます」

眦《まなじり》を決して、小幡が強く顎を引いた。

昼八つ（午後二時）過ぎ、用部屋の戸障子ごし、廊下側から声がかかった。

「入りやすぜ」

意外なことに、声は安次郎のものだった。

（安次郎は棚橋をつけているはず。しかし、かけられた声は安次郎としかおもえぬ）

そうおもいながら錬蔵は、

「入れ」

と応じた。

戸障子を開けて、顔を覗かせたのは安次郎だった。

「棚橋は前原がつけているのか」

向かい合って座った安次郎に錬蔵が問いかけた。

「前原さんは河内屋を張り込んでいます」

「前原が河内屋を見張っているのか」

問いを重ねながら、錬蔵は前原に、

「河内屋にも尾行をつけねばならぬな」

といったことをおもいだしていた。

「棚橋と河内屋がどこかで行き会ったのだな」

訊いた錬蔵に安次郎が応えた。

「棚橋が河内屋を訪ねたのですよ。南町奉行所の表門の近くで、出仕する棚橋を待っていた長脇差を差したやくざ者と一緒にね」

苦笑いして錬蔵がいった。

「安次郎、棚橋と呼び捨てにするのは止せ。棚橋はれっきとした南町奉行所の年番方与力だぞ」

「旦那、いつもの旦那らしくない物言いじゃねえですか。南の年番方与力が聞いて呆れる。河内屋の宴席には、連夜顔を出す。それも深更まで呑みつづけ、あろうことか遊女をあてがわれて茶屋に泊まり込む。男衆の話じゃ、遊び賃はすべて河内屋がもっている。まさしく、たかりじゃねえですか。あんな野郎に、さんはつけられませんや」

「そうか。なら、おれの前では棚橋と呼び捨ててもいい。ただし、外へ出たら、ちゃんと、さんをつけるのだぞ。棚橋や南町奉行所の連中の耳に入ったら、必ず咎められる」

「そのあたりのことは、よく心得ています。あっしは、世間の裏と表をさんざん見てきた男芸者だった男ですぜ」

「そうだったな。とんだ釈迦《しゃか》に説法だった。ところで、安次郎がここにいるということは、棚橋が鞘番所にやってきたということになるのかな」

「図星で。棚橋は、やくざ者を河内屋に残して、ひとりで鞘番所へやってきたんでさ」

首を傾げて錬蔵が独り言ちた。

「棚橋は、やくざ者とふたりで河内屋へ行き、帰るときはひとりで出てきた。やくざ者は河内屋とかかわりがあるのかもしれぬな」

顔を安次郎に向けて、錬蔵がことばを重ねた。

「待っていたやくざ者と棚橋が、ふたり揃って河内屋へ行った経緯を話してくれ」

「昨夜、棚橋は八丁堀の屋敷に帰りました。いつ出かけるかわからねえんで、近くに身を潜めて張り込んでおりやした」

安次郎の話によると、棚橋は明六つ半（午前七時）頃、挟み箱を持った中間《ちゅうげん》と小者四人をしたがえて屋敷を出た。

南町奉行所の表門近くの武家屋敷の塀の陰に身を潜めていたやくざ者が、やってくる棚橋に歩み寄り、声をかけた。棚橋が、先に南町奉行所へ行くように命じたらしく、供の者たちは棚橋と別れて南町奉行所へ入っていった。

やくざ者と棚橋は、しばらく立ち話をしていた。話し終えたのか棚橋は、やくざ者から離れて、南町奉行所へ入っていった。やくざ者はその場に立っている。

おそらく棚橋はもどってくるに違いないと判じた安次郎は、前原と、待ち合わせると決めたところへ向かった。

すでに前原は、落ち合うと決めたところに身を潜めていた。

やくざ者がいつから棚橋を待っていたのか、と安次郎は前原に訊いた。前原は、やってきたときにはすでにやくざ者はいた、という。

小半刻（三十分）ほどして、棚橋が南町奉行所から出てきて、やくざ者と一緒に河内屋へ出向いた。

一刻（二時間）ほどして棚橋ひとりが河内屋から出てきた。そこで前原が河内屋を張り込む、といいだし、安次郎はひとりで棚橋をつけることになった。

口をはさむことなく、安次郎の話に聞き入っていた錬蔵が問いかけた。

「つけてきたら、棚橋は鞘番所に入っていったというのか」

「そうなんで。あっしも驚きましたぜ。棚橋は、鞘番所に何の用があるんだろう、と考えましたが、手がかりのひとつもない。まさしく、下手な考え休むに似たり、で、とりあえず、旦那に棚橋が鞘番所にやってきたことを知らせなきゃいけねえ、とおもって顔を出したというわけでして」

「おそらく棚橋は、南町組支配の片山を訪ねてきたのだろう。南町奉行所の年番方与力が、わざわざ南町奉行所の持て余し者で島流し同然の身の、深川大番屋詰めの与力を訪ねてくる。滅多にない話だ。何かわからぬが、急いでつたえねばならぬ深いわけがあるに違いない」

「棚橋の身辺を探ってみましょうか。何かわかるかもしれない」

「もう少し様子をみよう。聞き込みをかけた相手から棚橋に、棚橋さまの身辺を嗅ぎ回っている者がいる、と告げ口されるかもしれない。そうなったら、棚橋は警戒心を抱くだろう」

「警戒されたら、つけるのは一苦労ですね。いまのまま、張り込んで見張るだけにしておきましょう」

「棚橋も河内屋も、そのうち襤褸《ぼろ》を出す。じっくり腰を据えて調べつづけよう」

「わかりやした」

応じた安次郎が、

「いつ何時、棚橋が鞘番所から出てくるかもしれない。ここらで退散いたしましょう。張り込みにもどりやす」

身軽な動きで立ち上がった。

（蛇骨の駒十に、深川のやくざの一家と小競り合いの喧嘩騒ぎを起こしてくれ、と頼んだ者が判明すれば、一件の調べは一挙に進展する）

そう推断している錬蔵は、いつでも溝口たちからの知らせを受けられるように、用部屋に詰めていた。

が、蛇骨の駒十は、錬蔵の見立てどおり、しぶとい男だった。厳しい拷問にも音を上げなかったらしく、溝口と小幡が用部屋に調べた結果を知らせにくることはなかった。

宵五つ半（午後九時）過ぎに、帰ってきた前原が顔を出した。

上座にある錬蔵と向き合って座るなり、前原が口を開いた。

「河内屋は暮六つ過ぎから、土橋《どばし》の茶屋〈松波《まつなみ》〉で遠州屋や棚橋とともに芸者十数人を呼んで派手に騒いでいます」

「安次郎が、いま松波を張り込んでいるのだな」

「そうです。棚橋さんをつけていた安次郎が、棚橋さんは鞘番所に半刻ほどいて、その後、再び河内屋に行き、一刻ほどいて南町奉行所へ引き上げた。そして、暮六つ前に南町奉行所を出たところで供の者たちと別れ、その足で松波にやってきた、といっていました」

「棚橋は鞘番所にきた後、再度、河内屋にもどったというのか。鞘番所で南町組の誰かと話しあったなかみを河内屋につたえにもどった、と考えられぬこともないが」

独り言のような錬蔵のつぶやきだった。

「そういわれれば、棚橋さんが鞘番所へきたことと、河内屋へ再びもどったことには何らかのかかわりがあるような気もしますが」

首を傾げた前原に錬蔵が訊いた。

「再度河内屋にやってきた棚橋が引き上げた後、河内屋に何らかの動きがあったか」

「とくに何もありませんでした。気になることといえば棚橋さんがやくざ者を連れて河内屋に入り、小半刻ほどして手代が手ぶらで出かけていったくらいで。手代が商いのために出かけるときは風呂敷包みか布袋などを手にしていることが多い。いつもと違う感じがして、みょうに覚えているのですが」

「誰かに書状でも届けたのかもしれぬな」

そう錬蔵がつぶやいたとき、廊下を走ってくる足音が響き、小者がわめき立てた。

「大変です。北の吟味場に曲者《くせもの》が押し入りました。吟味場から怒号と斬り合う音が聞こえてきます」

「何、吟味場で」

「御支配」

ほとんど同時に錬蔵と前原が声を上げた。前原が脇に置いた大刀に手をのばし、錬蔵は刀架に架けた大刀を手にとるべく裾を蹴立てて立ち上がった。

吟味場のなかでは、十数人の強盗頭巾と、躰が前屈するように足首と手首を重ね合わせて縛られた駒十を背にした溝口と小幡が、それぞれ大刀を手に斬り結んでいる。

「狙うは、捕らえられたやくざ者。やくざ者は、おれが仕留める。同心たちに一斉に突きかかれ」

強盗頭巾の頭格が吠えたのを合図代わりに、残る強盗頭巾たちが溝口と小幡に突きかかる。

「その手は食わぬ」

大刀を振って、突きかかる刃をつづけざまに弾いて身を躱しながら、溝口が駒十の前に立ち塞がろうとする。

瞬間、頭格が駒十めがけて斜めからの一刀を叩きつけた。

「そうはさせぬ」

踏み込んだ溝口が頭格の大刀を下から跳ね上げる。

跳ね上げられた大刀を、頭格が躰を沈めるようにして横に滑らせる。

駒十をかばおうとして勢い余った溝口が踏鞴を踏んだとき、頭格の一刀が溝口の前腕を斬り裂いていた。

激痛に呻きながらも構え直した溝口の一瞬の隙をついて、頭格が駒十に斜めからの一太刀を叩きつける。

頭格の大刀が駒十の両手、両足首を一つ所で縛りつけた縄を断ち斬った。

同時に、駒十が首の根元から血飛沫《ちしぶき》を噴き上げながら、昏倒《こんとう》する。

「くそ、許さぬ」

斬りつけた溝口の大刀に頭格が刀をぶつける。

鍔《つば》迫《ぜ》り合いになった溝口と頭格が睨み合ったとき、吟味場に抜き身の大刀を手にした錬蔵と前原が駆け込んできた。

「曲者だ。容赦なく斬り捨てろ」

下知した錬蔵に前原が、無言でうなずく。

戦いの場に躍り込み、斬りかかる錬蔵と前原を見て、頭格がよばわった。

「獲物は仕留めた。引き上げろ」

吟味場の表へ向かって頭格が走る。

強盗頭巾たちが頭格につづいた。

一糸乱れぬ、見事なまでの退却ぶりだった。

「おのれ、逃げるか」

「逃がさぬ」

相次いで声を上げ、前原と小幡が強盗頭巾たちを追っていく。

駒十のそばに愕然と立ち尽くす溝口の脇を駆け抜けた錬蔵が、片膝を突いて駒十を抱き起こし、激しく揺すった。

「駒十、いえ、おまえに深川のやくざの一家に喧嘩を仕掛けろと頼んだ者は誰だ。いえ、いってくれ」

揺すられたことでわずかに意識がもどったか、駒十が薄目を開けた。

「駒十、誰だ、誰なんだ」

小さく瞬きした駒十が、苦しい息の下から吐き出すようにつぶやいた。

「南、の、たな、は、し」

語尾は震えて、かすかに聞こえただけだった。

力尽きたか、駒十の首が、がくり、と落ちた。

「駒十、しっかりしろ。駒十」

激しく揺すった錬蔵の腕のなかで、駒十の躰が力なく揺れた。

「南の、たなはし」

つぶやいた錬蔵が、駒十をゆっくりと土間に横たえた。

四章　盤根錯節《ばんこんさくせつ》

一

錬蔵と斬られた右腕に手拭いをまいた溝口、小幡、前原が円を組んで立っている。見つめているのは、円のなかに横たわる蛇骨の駒十の骸であった。

呻くように溝口がいった。

「駒十を責めることに気をとられていたとしても、多人数で吟味場へ近寄ってくる強盗頭巾たちの気配に気づかぬとは、我ながら不覚の極み。手がかりになることを知っているかもしれぬ男を殺されてしまった」

「曲者どもは、どこから忍び入ってきたのか。塀を乗り越えたのなら、修練を積んだ忍びの者でもないかぎり、飛び降りる音がするはず」

つぶやいた錬蔵が目を向けてことばを重ねた。

「小幡、そうはおもわぬか」

「そんな音は聞こえませんでした。曲者たちは、いきなり吟味場に乱入してきました。忍び足で近寄ってきたとしかおもえませぬ。溝口さんは、どうおもわれますか」

問いかけた小幡に溝口が応えた。

「おれは、駒十を割れ竹で打ち据えていた。耳には、殴打音と駒十の発する呻き声しか残っておらぬ。が、これだけはいえる。曲者たちは剣の遣い手ではあったが、忍びの術を心得ている者の動きではなかった」

横合いから錬蔵が口を出した。

「溝口の見立てなら、まず間違いあるまい。躰の使い方は、武術によって違ってくる。戦う相手がどの武術を主に修行してきたか、足の運び方だけでも見立てることができるものだ」

わきから前原が声を上げた。

「さっきから気になっていたことがあります」

「気になっていたこと？」

鸚鵡返しをした錬蔵に前原が応じた。

「逃げた曲者たちは、一気に裏門へ向かって走っていきました。曲者たちが、鞘番所のなかの様子にくわしいとはおもえません。あらかじめ通ってきた道筋を逆にたどったのではないか、とそんな気がしてならないのです」

うむ、と錬蔵が首を傾げた。

黙り込んだ錬蔵を溝口たちが見つめる。

ややあって、錬蔵が口を開いた。

「曲者たちは裏門から入ってきたのかもしれぬな」

「裏門は、夜は御支配の指図がないかぎり、閂がかかっていて、入れないはずですが」

問うてきた小幡に錬蔵が告げた。

「小幡、小者たちに裏門の閂をかけ忘れた者がいるかどうか訊いてきてくれ」

「承知しました」

背中を向けて小幡が吟味場から出ていく。

顔を溝口に向けて、錬蔵がいった。

「溝口、八木に傷の手当をしてもらえ。八木は松倉を看病している。松倉のところには玄庵先生が調合してくれた薬がある。応急の手当てをした後、玄庵先生の住まいに押しかけ、申し訳ないが叩き起こして診療してもらえ」

「浅傷《あさで》です。心配いりません」

「傷ついているのは利き腕だ。万が一、斬られた刀に猛毒が塗られていたかもしれぬ。心配していっているのではない。溝口には、これからも馬車馬のごとく働いてもらわねばならぬ」

苦笑いして溝口が応じた。

「私は馬車馬同然の身ですか」

「そうだ。おれも、溝口と同じ馬車馬だ。深川の安穏を守るため、身を粉にして、働きつづけねばならぬ。怪我が長引いて、溝口に日々の務めから長い間離脱されては困る。深川は、おれたちが思う存分、手足を伸ばして生きていける唯一の土地《ところ》だ。大事にしたい」

「私も同じおもいです。これから松倉さんのところへ行って、八木に応急の手当てをしてもらって玄庵先生のところへ押しかけます」

「そうしてくれ」

無言で一礼して、溝口が錬蔵に背中を向けた。

吟味場から出ていく溝口を見送って、錬蔵が前原に問うた。

「棚橋と一緒に河内屋に入っていったやくざ者は、外へ出てきたか」

「私が河内屋に張り込んでいた間は出てきませんでした」

「そのやくざ者、何の用があって南町奉行所のそばで棚橋を待っていたのか、気になるな」

「あのやくざは、棚橋さんとともに河内屋に行きました。棚橋さんや河内屋とかかわりがあるような気がします。しかし、初めて見た顔、どこの誰だか見当のつけようもありません」

「棚橋は、なぜ鞘番所にやってきたのか。棚橋は、河内屋から鞘番所へきて、再び河内屋にもどっていった。河内屋からやくざ者は出てこない、やくざ者に河内屋に長居する理由があるともおもえぬが」

独り言ちた錬蔵が、前原に顔を向けてことばを重ねた。

「前原、明日、おれと小幡につきあってくれ。おれたちと別れた後は、河内屋を見張るのだ」

「明朝、安次郎と待ち合わせる約束になっていますが」

「そうだったな。悪いが、いまから安次郎のところへ行き、おれの指図で急ぎの用ができ、明日の朝、待ち合わせることができなくなった、とつたえにいってくれ」

「承知しました」

会釈して踵を返そうとした前原に錬蔵が声をかけた。

「出がけに表門の出入りを見張っている小者に、明日明六つまでに棺桶ひとつと大八車を手配しておいてくれ、とおれがいっていたとつたえてくれ」

「つたえておきます。それでは、これにて」

小さく頭を下げた前原に向かって、錬蔵が無言でうなずいた。

吟味場から出ていく前原と入れ違いに小幡がもどってきた。

気が急くのか、歩み寄りながら小幡が声を上げた。

「御支配、小者頭は『暮六つ前の番所内の見廻りのときに、裏門の閂はかけました。私も見廻りに同道していたので、配下の者が閂をかけたのを、しかと見届けました』といっていました。『吟味場の騒ぎに気がつくのが遅く、支度に手間取り、駆けつけることができなくて申し訳ありません』と謝ってもいました」

「やはり、小者たちは裏門に閂をかけていたのか」

つぶやいて錬蔵が黙りこんだ。

ことばの意味を計りかねて、小幡は無言で錬蔵を見つめている。

が、錬蔵が小幡の惑いに応えることはなかった。

顔を向けて、錬蔵が告げた。

「小幡、明朝、おれと小幡、前原の三人で駒十の骸を蛇骨一家に運ぶ。刃物三昧の沙汰になるかもしれぬ。そのつもりでいてくれ」

「このところ、斬り合いがつづいています。今夜のうちに刀の手入れをしておきます」

「それがいい。駒十の骸を壁ぎわに移して引き上げよう」

骸に向かって錬蔵が足を踏み出した。小幡がつづいた。

二

翌朝五つ半（午前九時）、錬蔵は、蛇骨一家の前にいた。錬蔵の左右には、大刀の柄に手をかけた小幡と前原がしたがっている。

大八車に棺桶を積んで運んできた小者ふたりは、空になった大八車を牽いて、錬蔵たちに背中を向けて、蛇骨一家から遠ざかっていた。

蛇骨一家の開け放たれた表戸と錬蔵の間の路上には、蛇骨の駒十の骸を入れた棺桶が置いてある。

「蛇骨の駒十は、深川大番屋の吟味場で、大番屋に乱入してきた強盗頭巾の一味に斬られて果てた。曲者のひとりが駒十を斬り捨てるや、強盗頭巾たちは一斉に引き上げていった。そのことから、曲者が狙っていた相手は駒十だったと推断できる。駒十の骸を棺桶にいれ、一家に届けにきた。受け取れ」

よばわった錬蔵の声に呼応するかのように、なかで入り乱れた足音がして、内側から表戸が開けられた。

錬蔵が、

「棺桶のなかの骸をあらためよ」

と声をかけたが、なかにいる子分たちは警戒の眼差しを錬蔵たちに注いだまま動こうとしない。子分たちは手に手に剝き身の長脇差を握りしめていた。

そのまま小半刻(三十分)ほど過ぎ去った。

振り向くことなく左に控える小幡に、錬蔵が声をかけた。

「昨日、斬り込んだときに見た顔は揃っているか」

「斬り合ったり、睨み合ったりしていたときに顔を見ただけで、よく覚えていませ
ん」

面目なさそうに小幡が応えた。

「そうか。溝口とふたりで大暴れしたようだな。その証に、子分たちの顔に怯えがある。下手に襲いかかって、斬られるのは御免だと顔に書いてあるぞ」

「いま考えると、ちょっとやり過ぎたかもしれません」

消え入りそうな小幡の声であった。

子分たちを見つめて錬蔵が呼びかけた。

「訊きたいことがある。問いに応えてくれたら、おれたちは、駒十への香典五両を置いてこの場から引き上げる。親分の弔い代に使ってくれ」

錬蔵が、懐から小判をくるんだとおもわれる紙包みを取りだした。

棺桶に歩み寄り、蓋の上に紙包みを置く。

後退りした錬蔵は、元いたところで動きを止めた。

兄貴格とおもえる子分が警戒の視線を錬蔵に注ぎながら、おっかなびっくり出てきた。

棺桶の蓋に置かれた紙包みをひったくり、踵を返すや跳ぶようにしてなかへ飛び込む。

兄貴分らしい数人が顔を寄せ合って、とってきた紙包みを開く兄貴格の手元を見つめていた。

兄貴格が左手の掌にのせた紙包みから、小判をつまみだすようにして、一枚ずつ数えていく。

五枚めを指でつまんだ後、握っていた小判を紙包みに置いた。

兄貴格と顔を寄せていた子分たちが、顔を見合わせて、大きくうなずき合った。

兄貴格が錬蔵に向き直った。

「親分の香典、たしかに受け取りやした。ありがたく頂戴いたしやす。何なりとお訊きください」

「親分が連れ去られた直後に出かけた者はいないか」

問いかけた錬蔵に兄貴格が応じた。

「ひとり、おりやす。代貸の長八《ちょうはち》兄貴で。まだ、帰ってきていません。貫太は、そこにいらっしゃる若いほうの旦那に連れさられたままでございます」

「貫太は、堅気になると約束したので放免した。一家に帰ってくることはないだろう」

「わかりやした。旦那方と貫太が約束したことに、あっしらは文句のひとつもありやせん。決して貫太を追いかけるようなことはいたしません。このこと、固く約束いたしやす」

兄貴格が深々と頭を下げた。

子分たちが、兄貴格にならう。

「もうひとつ訊きたいことがある。最後に長八を見かけたとき、長八はどんな出で立ちをしていた」

問いかけた錬蔵に兄貴格が応えた。

「腰に長脇差、金茶色の小袖を着流しておりやした」

ちらり、と錬蔵が前原に視線を走らせた。

無言で前原がうなずく。

「引き上げる」

声を上げ、錬蔵が子分たちに背中を向けた。

前原と小幡が錬蔵につづいた。

「これから河内屋へ向かい、張り込みます」

鞘番所にもどる道すがら、前原が声をかけてきた。

足を止めた錬蔵に、前原と小幡がならう。

顔を前原に向け、錬蔵がいった。

「南町奉行所の前で棚橋を待っていたやくざ者は、おそらく蛇骨一家の長八だろう」

「私も、そうおもいます。あのときのやくざ者も金茶色の小袖を着流していました」

「長八とおもわれるやくざは、棚橋とともに河内屋に入った。いまも河内屋にいるかもしれぬが、前原が張り込みから引き上げた後、出ていったかもしれぬ。いま、はっきりしていることは、長八は、親分が留守のときは代貸として一家を束ねなければならぬ立場にあるにもかかわらず、まだ蛇骨一家にもどっていないということだ」

「御支配は、長八は、まだ河内屋にいると判じておられるのですか」

「わからぬ。わかっているのは、棚橋や河内屋と長八らしきやくざ者がかかわりあっているということだけだ」

「たしかに。こころして河内屋を見張ります」

「頼む」

「それでは、これで」

会釈した前原が、錬蔵から小幡へと目を流した。

立ち去っていく前原を、しばし見送った錬蔵が小幡に、

「行くぞ」

と声をかけ、歩き出す。

無言で顎を引いた小幡が足を踏み出した。

鞘番所の表門から錬蔵が入ってくるのを待ち受けていたのか、小者詰所から張番の小者が出てきた。

小走りに錬蔵に近寄ってきた小者が声をかけてきた。

「大滝さま、おつたえしたいことが」

足を止めた錬蔵に気づいて、ともにもどってきた小幡も立ち止まった。

「先に同心詰所にもどれ」

声をかけた錬蔵に、

「わかりました」

会釈して、小幡が歩き出した。

そばにきた小者が錬蔵に話しかけてきた。

「片山さまが『話したいことがあるので、大滝さまがもどってこられたら、小者詰所でおれがくるまで待っていてほしい、とつたえてくれ』と仰有られたのですが、どういたしましょう」

「わかった。小者詰所で片山殿を待つ。呼んできてくれ」

「すぐ呼んできます」

小者が南町組の番屋役所へ駆け足で向かった。

小者詰所の板敷の上がり端に錬蔵が腰を掛けている。

表戸が開けられ、片山が顔を見せ、声をかけてきた。

「大滝殿、外へ出よう」

無言でうなずいて、錬蔵が立ち上がった。


小名木川を、荷を積んだ数艘の船が行き交っている。

河岸道の岸辺に、川面に目を向けた錬蔵と片山が、肩をならべて立っていた。

「昨夜、曲者が北の吟味場に乱入し、取り調べ中の科人を殺して裏門から逃げたと小者から聞いたが」

「小者が話したとおりだ。強盗頭巾をかぶった曲者は十人ほど、騒ぎに気づいておれが吟味場に駆け込んだときは、斬り合いの真っ最中だった。わずかの隙をつかれて、取り調べ中の男を斬られた。強盗頭巾たちは頭格の下知のもと、裏門へ向かって走った。裏門の閂ははずされていた。強盗頭巾たちは裏門から逃げ去ったと配下の者から聞いている」

「曲者は裏門から忍び入り、裏門から逃げ去ったのか。おそらく小者の誰かが裏門を閉め忘れたのだろう」

「それは違う」

「違う？　小者以外の何者かが裏門の閂をはずしたとでもいうのか」

「いまわかっているのは、閂をはずしたのは小者ではないということだけだ。が、これだけはいえる。裏門の閂をはずした者は、鞘番所のなかにいる。少なくとも北町組の者ではないことはたしかだ」

顔を錬蔵に向けて片山がいった。

「北町組の者ではなく、小者でもないということになると、南町組の誰かが閂をはずしたとでもいいたいのか」

尖った声を出した片山を見向きもせず、錬蔵が応えた。

「そんなことは一言もいっていない。ただ、昨日、めったに起きないことがひとつだけあった」

「めったに起きないこと？」

鸚鵡返しをした片山に錬蔵が告げた。

「南町奉行所年番方与力の棚橋さんが鞘番所に顔を出された。おれたち北町組の者たちもそうだが、南町組の面々も、町奉行所の組織からは落ちこぼれ、はみ出した、半端者ばかりだ。おれが鞘番所に詰めてから、かなりの年月が過ぎているが、いままで一度も南町奉行所のお偉方が訪ねてこられたことはない」

「おぬし、棚橋さんの顔を知っているのか」

「以前、何度か棚橋さんを見かけたことがある」

本当のところ、錬蔵は棚橋を見たことがない。棚橋を配下につけさせているとは口が裂けてもいえない錬蔵の、嘘も方便の一言であった。

「そうか。おぬし、棚橋さんの顔を見知っていたのか」

独り言のような片山のつぶやきであった。

しばしの沈黙があった。

口を開いたのは錬蔵だった。

「曲者たちとの斬り合いで溝口が浅傷を負った。北町組の面目にかけて、おれは強盗頭巾たちと背後にいる者を捜し出し、それなりの決着をつけるつもりだ」

「そのためには裏門の閂をはずした者を見つけだす。そういうことだな」

「そうだ」

じっと片山を見据えた錬蔵の目が鋭い。

「そうか」

目をそらした片山がことばを重ねた。

「手間をとらせた。引き上げてくれ」

「近いうちに、たがいに腹を割って話しあいたいものだな」

ちらり、と片山に目を向けて、錬蔵が踵を返した。

鞘番所へ向かって錬蔵が歩いていく。

立ち去る錬蔵を、片山は見向きもしなかった。小名木川の川面を凝然と見つめている。


表門の前で錬蔵を待っている男がいた。

河水楼の藤右衛門《ふじえもん》の手下の政吉《まさきち》であった。深川の茶屋の束ね役ともいうべき藤右衛門は、深川の安穏を守るため、これまでも錬蔵に力を貸してきた。政吉はそんな藤右衛門の腹心の手下のひとりであった。政吉は、日頃は藤右衛門のやっている茶屋河水楼で男衆として働いている。

河岸道を歩いてきた錬蔵に気づいた政吉が、浅く腰をかがめて挨拶し、走り寄ってきた。

「どうした。何かあったのか」

足を止めて声をかけた錬蔵に、向かい合った政吉が応えた。

「今日の暮六つに河水楼に顔を出してもらいたい。急ぎ聞いていただきたい話があるので、まことに申し訳ないが、万難を排して、ということがお願いしたい、との藤右衛門からの言伝でございます」

「承知した、と藤右衛門につたえてくれ」

「さっそくお聞きとどけ、ありがとうございます。それでは、御免なすって」

頭を下げた政吉が、錬蔵に背中を向けた。

鞘番所にもどった錬蔵は、その足で同心詰所に向かった。

同心詰所には溝口と小幡が詰めていた。

戸襖を開けて入っていった錬蔵は、横並びになって座り直した溝口や小幡と向かい合うように座って声をかけた。

「溝口、八木と代わって松倉の看病をしてくれ。怪我人が怪我人の面倒をみる。大変だろうが、人手が足りぬから仕方がない。八木には、小幡と一緒に見廻りに出てもらう」

右手の指を、数回開いたり閉じたりして、溝口が応えた。

「このとおり動きに支障はありません。私が、小幡とともに見廻りに出ます」

「大事をとれ、といっているのだ。おれの指図にしたがってくれ」

いつになく厳しい錬蔵の物言いだった。

発しようとしたことばを飲み込んで、溝口が黙り込んだ。膝の上に置いた右手を、開いては閉じる仕草を繰り返している。その動きが溝口の苛立ちを表していた。

そんな溝口の仕草に気づかぬ風を装って、錬蔵が告げた。

「溝口、何をしている。早く松倉の長屋へ行って八木と替わるのだ。八木には、急ぎ見廻りの支度をととのえて、同心詰所にくるようにつたえてくれ。八木に指図することがある。おれは、八木がくるまで、ここにいる」

溜息をついた溝口が、恨めしげな視線を錬蔵に走らせ、脇に置いた大刀に手をのばした。

見廻りに出かける小幡と八木を送り出した後、錬蔵は小者詰所に顔を出した。

表戸を開けた錬蔵が、詰めている小者に問うた。

「いま一度、片山殿と話したいのだ。南町組の番屋役所まで一走りして片山殿を呼んできてくれ」

板敷の上がり端に腰掛けていた小者のひとりが、立ち上がって応えた。

「片山さまは、さっき大滝さまとお出かけになられたきり、もどっておられませんが」

「もどっていない？」

独り言ちて、わずかに首を傾げた錬蔵が目を小者にもどして、ことばを重ねた。

「帰りは深更になる。片山殿が帰ってきたら、明日にでも、おれがいま一度話したいといっていた、とつたえてくれ」

「必ずおつたえいたします」

浅く腰をかがめて小者が応えた。


一刻（二時間）後、錬蔵は通りのなかほどで足を止めた。数軒先の右手に河内屋が見える。

ぐるりを見渡した錬蔵に、後ろから歩いてきた者が、追い越しぎわに声をかけてきた。錬蔵にしか聞こえぬほどの、囁くような声だった。

「旦那、二本目の通り抜けを左へ。左ですぜ」

ちらりと声のほうへ走らせた錬蔵の目に、見向くこともなく通り過ぎる安次郎の姿が飛び込んできた。

歩調をゆるめることなく、安次郎が歩き去っていく。

訪ねる家を探すように再び周りを見回した錬蔵が、ゆっくりと足を踏み出した。

ふたつめの通り抜けを左へ曲がった錬蔵は、町家の壁に身を寄せて張り込んでいる前原を見いだした。

前原に近寄った錬蔵が、小声で話しかけた。

「さっき安次郎を見かけたが、棚橋も河内屋にきているのか」

「そうです。それより御支配、驚いたことに、血相変えた片山さんが河内屋に入っていかれましたぞ」

「片山が。いつやってきたのだ」

「一刻ほど前のことです。片山さんが河内屋に入っていかれた後、わずかの間を置いて、手代が駆け足で出かけていきました。その手代とともに棚橋さんがやってこられました」

話し終えたとき、足音が聞こえた。

目を向けると、錬蔵が入ってきたのとは反対側の出入り口から歩み寄ってくる安次郎の姿が見えた。安次郎は河内屋や棚橋に張り込んでいることを気づかれぬように、遠回りしてもどってきたのだろう。

近寄ってきた安次郎が錬蔵に声をかけてきた。

「驚きましたぜ。南町奉行所に手代が駆け込んでいったとおもったら、ほどなくして棚橋が手代と一緒に出てきて、河内屋へ駆けつけた。南町奉行所から出てきたときの棚橋の有様は、それこそ焦りまくった顔つきで、目が吊り上がっていましたぜ」

「推察するに、片山さんが河内屋に乗り込んできたのが、騒ぎの始まりのようにおもわれますが」

口をはさんだ前原に、

「おそらく、そんなところだろう」

応えた錬蔵の脳裏に、話が終わったにもかかわらず、その場から離れようともせずに小名木川の流れを見つめていた片山の姿が浮かび上がった。

わきから安次郎が声を上げた。

「これで棚橋と河内屋、片山さんがひとつにつながりやしたね」

前原が割って入った。

「ひょっとしたら、強盗頭巾たちが出入りしやすくするために、裏門の閂を開けたのは片山さんかもしれませんね」

「そうかもしれぬ。が、片山は、れっきとした南町奉行所の与力だ。確たる証を見つけだすまでは、むやみに問い質すわけにはいかぬ。が、棚橋と河内屋を見張りつづければ、必ず奴らは尻尾を出す。粘り強く探りつづける。それしか手立てはない」

告げた錬蔵を見つめて、前原と安次郎が大きく顎を引いた。

三

河水楼に入ろうとして錬蔵は足を止めた。

射るような視線を感じたからだった。

視線のほうへ気を注ぐ。

その気配は、嘘のように消え失せていた。

（視線の主は、自在に気配を消すことのできる武術の達人。いずれ斬り合うことになる相手）

胸中で錬蔵はつぶやいていた。

ここで立ち止まって気を探っても、相手は気配を消したままで、おれを眺めているだけのこと。これ以上の探り合いは無用。そう判じた錬蔵は、河水楼に入るべく、ゆっくりと足を踏み出した。

政吉に案内されて藤右衛門の待つ座敷へ通された錬蔵を、予想だにしなかった人が待ち受けていた。

お紋であった。お紋は、酒席に出るときの着飾った出で立ちで座っている。

（お紋）

おもわずかけそうになった声を、かろうじて錬蔵は抑えた。

おもいはお紋も同じようだった。久しぶりに錬蔵に会った嬉しさに、微笑みかけようとしたお紋の顔が強ばり、次の瞬間、左右に目を走らせた。お紋の傍らに観月の主人が、向き合うように藤右衛門が座っていた。

観月の主人とお紋が同座しているということは、河内屋がお紋を身請けしようとした一件にかかわりがある話し合いかもしれない。上座に座りながら、錬蔵はそう推察した。

顔を錬蔵に向けて、藤右衛門が口を開いた。

「大滝さまに御足労願ったのは、深川で驚くべき企みがすすめられていることに気づいたからです」

「驚くべき企み？」

鸚鵡返しをした錬蔵に、藤右衛門が応えた。

「企みをすすめている主は、上方の両替屋河内屋です。すでに河内屋は、深川のめぼしい茶屋を十店、買い取っています。私が、そのことにいままで気づかなかったのは、買い取った見世の主人に、そのまま商いをやらせ、儲けの七割を吸い上げるやり方をとっているからです」

「深川のめぼしい茶屋なら、それなりに儲かっているはず。河内屋に見世を買い取られるなど考えられないが」

「この深川で茶屋商いをつづけていくには、御法度に背くようなこともやらなければなりません。深川は吉原《よしわら》と違い、女たちの躰を売り買いすることが許されていない土地《ところ》でございます」

「鞘番所では、そのあたりのことは大目にみて咎め立てはしておらぬ。弱みにはならぬはずだが」

「大目にみていただいていること以外に、茶屋の主人たちには女たちがらみ、金がらみでいろいろと弱みがあるのでございますよ」

「弱みを種に脅されて、主人たちは見世を売り渡した。そういうことか」

「そういうことでございます」

首を傾げて、錬蔵がいった。

「しかし、河内屋はどうやって見世の主人の弱みをつかんだのか。おそらく主人たちは弱みをひた隠しにしているはず。簡単に弱みをつかめるはずがない」

「河内屋に頼まれて、深川の茶屋の主人たちの弱みを探っている御仁がいるのでございます。河内屋の酒席に、頻繁に同席しているお方が、そのお方で」

「南町奉行所年番方与力の棚橋殿が、河内屋に茶屋の主人たちの弱みを教えているというのか」

「教えているだけではございません。時には、河内屋や、河内屋の代人をつとめる遠州屋が脅し半分に見世の買い取り話をすすめる場に、同座なさっておられます。棚橋さまに弱みの証になる材料を渡しているのは、鞘番所の南町組の方々でございます」

「南町組の連中が棚橋殿に加担しているという、確たる証があるのか」

わきから観月の主人が声を上げた。

「私が、証でございます。以前、私が足抜きした遊女を折檻して死なせてしまったことがあります。そのとき、遊女を殺したことを咎め立てしないかわりに月々の手当を南町組の方々に差し上げる旨を記した誓約書を、南町組御支配の片山さまに私が手渡しました。その誓約書を棚橋さまと河内屋が所持しておりました」

藤右衛門が口をはさんだ。

「その書付を示され、観月さんは観念して見世を河内屋に売らざるを得なくなったのです。棚橋さまは、見世を河内屋に売るか、それとも人殺しの科で断罪に処されるか、好きなほうを選べ、とまでいわれたそうです」

「そうか。そんなことまで棚橋殿はいったのか」

独り言のような錬蔵のつぶやきだった。

観月の主人が声を高めた。

「私は深川生まれの深川育ち、ちゃきちゃきの深川っ子です。これ以上余所者に、深川を我が物顔に荒らされるのは我慢できない。私はどうなってもいい。大滝さま、河水楼の親方、私が密偵をつとめます。河内屋たちをやっつけてください。この通りだ」

いきなり両手を突いて、額を擦りつけんばかりに頭を下げた。

「観月さん、頭を上げてください。深川の安穏を守るのは私の役目。やれることはすべてやります」

錬蔵が声をかけた。

間を置くことなく、藤右衛門が告げた。

「観月さんは、河内屋が深川の茶屋を買いつくす気になったのは、身請けをもちかけたが、けんもほろろにお紋に断られ、面目を潰されたと、怒ったのがきっかけだ、といっています。河内屋は、お紋を深川から閉め出すために、金にあかせて深川の茶屋を全部買い占めると息巻いているそうです」

悄然《しょうぜん》と肩を落としたお紋を見やって、藤右衛門がことばを重ねた。

「お紋、これだけはいっておく。私はお紋が、今回の騒ぎのもとだとはおもっていない。観月さんも同じ見方だ。もっと騒ぎが大きくなれば、お紋を責める者が出てくるだろう。が、そんな連中のことを気にしてはいけない。おまえは自前の芸者だ。気に入らない身請話を断ることができる立場にある芸者なのだ。深川芸者の心意気を示すいい機会だ。河内屋の厭がらせに決して負けないでおくれ」

顔を上げてお紋が応えた。

「わかりました。こころを強く持って、深川芸者らしく、小粋に振る舞います」

笑みをたたえて藤右衛門がいった。

「その意気だ。どんな横車にも負けない、深川芸者の鏡になっておくれ」

「なります。心意気と気っ風が売り物の深川芸者の鏡になってみせます」

きっと目を見開いてお紋が強く顎を引いた。

そんなお紋を、慈しみがこもった眼差しで錬蔵が見つめている。


河水楼で錬蔵たちが話しあっている頃……。

豪壮な造りの武家屋敷の表門をのぞむことができる塀に身を寄せて、前原が様子を窺っている。

宝泉寺駕籠に乗り込んだ河内屋が行き着いた先に、つけてきた前原は度肝を抜かれた。

今をときめく老中田沼意次《おきつぐ》の屋敷の表門の前で、宝泉寺駕籠から降りた河内屋が門番詰所に声をかけ、なかから開けられた潜り門から入っていった。

宝泉寺駕籠は表門の脇に置かれ、駕籠舁《かき》たちがしゃがみ込んで河内屋が出てくるのを待っている。

屋敷のなかに河内屋の姿が消えてから、すでに半刻（一時間）近く過ぎ去っていた。

河内屋が誰と会い、どんな話を交わしているか、前原には見当もつかない。

が、河内屋の財力から判じて、巨額の金を幕府に貸しているのは間違いないとおもえた。

河内屋が門番詰所に声をかけたら、間を置くことなく潜り門の扉が開けられた。そのことからも、河内屋が田沼屋敷に頻繁に出入りしていることが推察される。

金の力を背負った河内屋の威勢をあからさまにみせつけられて、前原のなかで怯む気持ちが頭をもたげてきた。

次の瞬間、前原は強く頭を打ち振っていた。怯む気持ちを振り払うための所作であった。

大きく息を吐いた前原が、田沼屋敷の表門を鋭く見据えた。

深川の櫓下は遊びにきた男たちで賑わっていた。

茶屋〈潮見楼《しおみろう》〉の表を見張ることができる町家の外壁に、安次郎が身を寄せている。

棚橋が入っていって小半刻（三十分）ほど過ぎた頃、供の武士ひとりをしたがえた顔隠し頭巾をかぶった大身旗本とおもわれる武士がふたり。相次いで潮見楼に入っていった。

そしていま、宝泉寺駕籠が潮見楼の表に横付けされた。駕籠から降り立ったのは、河内屋であった。

河内屋が潮見楼に入っていく。

宝泉寺駕籠が引き上げていった。

河内屋をつけてきた前原が潮見楼の前に立ち、あたりを見渡している。身を潜めることができる場所を探しているのは明らかだった。

張り込んでいる安次郎が通りへ出て、前原に歩み寄っていく。

気づいて前原が振り向いた。

立ち止まった安次郎に向かって、前原が足を踏み出した。

張り込みのため身を潜めていた場所にもどった安次郎が、傍らにしゃがんだ前原に話しかけた。

「棚橋がきています。知り合いの男衆に訊いたら、今夜棚橋が上がった座敷の主は遠州屋だといっていました。いつもは河内屋と呑んでいるのに妙だな、とおもっていましたが、いま、河内屋がやってきたので合点がいきました」

「驚くな。河内屋は田沼様の屋敷を訪ねていたのだ」

「田沼さまというと、まさか、あの、いまをときめく」

「老中の田沼様だ。田沼様と河内屋が直に話しあったかどうか、おれにはわからぬ。訪ねた相手は用人だったかもしれぬ。が、河内屋が何度も田沼様の屋敷を訪ね、丁重な扱いを受けていることは、門番の対応の仕方でわかる。河内屋が門番詰所の物見窓に声をかけたら、間をおくことなく門番が潜り門の扉を開けて迎え入れた」

「そうですか。河内屋は田沼さまのお屋敷に出入りしているんですか」

うむ、と首を傾げた安次郎が顔を前原に向けていった。

「河内屋がくる前に、供を連れた、顔隠し頭巾をかぶった大身旗本らしいお侍がふたり、相次いで潮見楼に入っていかれました。ひょっとしたら、そのふたりとも、河内屋の座敷へ上がったんじゃねえかと、そんな気がしてきたんですが」

「大身旗本らしい侍が相次いでふたり、潮見楼に入っていったというのか」

問いかけた前原に、

「そのふたりが誰の座敷に上がったか、男衆に訊いてきます」

応えた安次郎が、身軽い動きで立ち上がった。

潮見楼を覗いて男衆を呼び出し、表戸の脇で安次郎が立ち話をしている。別れの挨拶代わりか、安次郎が男衆に向かって軽く手を挙げ踵を返した。

身を潜めている町家の陰にもどってきた安次郎が、しゃがみながらいった。

「おもいたったが吉日といいやすが、男衆に聞き込みをかけてよかったですぜ」

「大身旗本らしいふたりは、河内屋の座敷に上がったのだな」

「図星で。もっとも、まだ河内屋はきていない。遠州屋から『河内屋さんを訪ねて、お武家さまがふたりいらっしゃるから、河内屋さんのために用意してある座敷に案内しておくれ』といわれていたので、そうしたといってました」

訝しげな表情を浮かべて、前原が問うた。

「それでは今夜は、河内屋と遠州屋は別々の座敷で呑んでいるというのか」

「そうです。もっとも河内屋と遠州屋の座敷は、隣り合っているという話でしたが」

「ふたりの大身旗本と棚橋様を、同座させたくなかったのかもしれぬな、河内屋は」

独り言ちた前原に安次郎がいった。

「前原さん、大滝の旦那の指図には背くことになりやすが、あのふたりの大身旗本がどこへ帰るか、手分けしてつけてみませんか」

「それはまずいのではないか。いかに何でも御支配の命に背くなんて、しくじったら言い訳がたたぬ」

困惑しきった前原に安次郎が告げた。

「前原さんがいかなくとも、あっしは大身旗本らしいひとりをつけていきますぜ」

「それは、しかし」

うむ、と大きく首を捻った前原が顔を安次郎に向けた。

「わかった。安次郎のいうとおりにしよう。実は、おれもおおいに気になっているのだ、顔隠し頭巾をかぶったふたりのことがな」

「そうこなくちゃ前原さんらしくねえ。ふたりが帰り着く先を見届けたら、大滝の旦那のところへ押しかけて、落ち合いましょうや」

「承知した」

笑みをたたえて前原が応じた。

一刻（二時間）ほど後、河内屋が手配したとおもわれる二挺《ちょう》の宝泉寺駕籠が、潮見楼の前に止められた。

ほどなくして、見世から出てきた供の侍たちが、それぞれの主が乗る宝泉寺駕籠の前に立ち、大刀の柄に手をかけて、まわりに警戒の視線を走らせている。

侍が警固の形をとったのを見届けたか、なかから顔隠し頭巾をかぶったふたりの武士が出てきて、それぞれの供侍が身構えて守る宝泉寺駕籠に乗り込んだ。

駕籠舁が宝泉寺駕籠を担ぎ上げる。


「つけますか」

声をかけて、安次郎が立ち上がった。

「おれは後ろの宝泉寺駕籠をつける。ふたりつるんでつけるのは目立つ。おれは、少し遅れて通りへ出る」

「それじゃ、あっしは先を行く駕籠をつけやす。いきますぜ」

ちらり、と前原に視線を投げて、安次郎が足を踏み出す。

通りへ出た安次郎が数歩ほど行ったのを見届けて、しゃがんでいた前原が立ち上がった。

宝泉寺駕籠をつけるべく前原が歩みをすすめていく。

四

「もうええやろう。お二方が宝泉寺駕籠に乗り込まれたと見世の者が知らせてきましたよ」

声をかけた河内屋が隣りの座敷との仕切りになっている襖を開けた。

高足膳を前に遠州屋と棚橋が向かい合って座っている。

上座には主のない高足膳が置かれていた。

後ろ手で襖を閉めた河内屋が上座に座る。

愛想笑いを浮かべ、身を乗り出すようにして遠州屋が声をかけた。

「新しい酒と肴を頼みましょうか」

「さっき頼みましたで。いまや潮見楼はわいの見世や。見世の者は、気に入られようと一所懸命でっせ」

顔を棚橋に向けて、河内屋がいった。

「それもこれも、みんな棚橋はんのお陰や。ご苦労賃に受け取っておくれやす」

懐から袱紗《ふくさ》包みを取り出して、棚橋の近くに置いた。

河内屋が袱紗をめくる。

なかには封印された小判が四つ、ふたつの山にわけて置いてあった。

「百両あります。見世見世の弱みをひろってきてくれた配下の方にもわけてやってくださいな」

「ありがたく頂戴いたします」

小判の山のそばに膝行した棚橋が、袱紗で小判を包み直して懐に入れた。

「棚橋はんが隣りの座敷に潜んでいたことを、お二方は知りまへん。わいとお二方の話し合いを棚橋はんに聞いてもらいたかったためにやったことです。棚橋はんが隣りの部屋に控えていると知っていたら、わいにたいするお二方の態度も、もっとよそゆきのもんに変わっていたでしょうな」

もといた場所に膝行でもどって座り直した棚橋が、上目遣いに河内屋に話しかけた。

「田沼様の屋敷にうかがって『深川の茶屋を、三年がかりですべて買い取っていく。多少乱暴な手立てをとることもあるが、騒ぎになったときは田沼様の力で揉み消してくれ』と頼んだら、田沼様はこころよく引き受けてくださった、とお二方に話しておられましたな。田沼様が後ろ盾であれば、まさしく鬼に金棒、やりたい放題ではありませぬか」

薄ら笑いを浮かべて、河内屋がいった。

「動いてもらうには、田沼さまにも、それなりのことをしております。お二方にも、棚橋はんにしたように、それなりのものを受け取ってもらっています。河内屋は、金で金を生む商いをしている両替屋。金を武器に、狙ったものを手に入れるためには、どんな理不尽なこともやってのける、金の亡者でございますよ」

酷薄に含み笑った河内屋を棚橋が、度肝を抜かれたかのように呆然と見つめている。

河水楼の座敷で錬蔵は、お紋と向き合って座っている。

いつもならそばにきて、錬蔵の肩に頬を埋めて甘えてくるお紋が、今宵は浮かぬ顔をして黙りこくっている。

弱みを握った深川の茶屋を、河内屋が脅し半分に片っ端から買い取っている。持ちかけた身請け話を、お紋から手酷く断られたことが、河内屋の自尊心を傷つけて怒りの炎を燃え立たせた。お紋を、深川から出ていかざるをえない立場に追い込むために河内屋がおもいついたこと、それが深川の茶屋を買い占めることだった。観月の主人が、そう話しているのを、傍らでお紋は黙って聞いていた。

おもいつめた様子で黙り込んでいるお紋を気遣って、藤右衛門が錬蔵とお紋をふたりだけにしてくれたことを錬蔵は察していた。

ふたりきりになっても、錬蔵とお紋が口をきくことはなかった。

（お紋にどんなことばをかけてやればいいのか）

よいことばをおもいつかぬまま、錬蔵は黙然とお紋を見つめている。

しばらくの間、そんな有様がつづいた。

うつむいたまま、お紋が口を開いた。

「旦那、あたしのはねっかえりが、世話になった茶屋の旦那さんたちにとんでもない迷惑をかけちまったようだね」

しんみりした口調だった。

「みんなには迷惑をかけたかもしれない。が、おれは、お紋が河内屋の申し入れた身請話を、きっぱりと断ってくれたことを嬉しくおもっている。お紋は、おれにとって、かけがえのない女だ」

顔を上げて、お紋が訊いた。

「ほんとかい、旦那。ほんとに、かけがえのない女だとおもってくれているのかい」

「ほんとだ」

「旦那。嬉しいよ。あたしゃ、旦那に」

にじり寄ったお紋が、錬蔵に縋《すが》るようにもたれかかり、肩に頬を埋めた。

錬蔵は、お紋のするがままにまかせている。

さりげなく手をのばしたお紋が膝に置いた錬蔵の手に、手を重ねた。

重ねた手にお紋が力をこめる。

握りなおしたお紋の手を、錬蔵が強く握りしめた。

しばらくの間、ふたりはそのままでいた。

ややあって、お紋がつぶやいた。

「旦那、送ってくれるかい」

目をお紋に向けて、錬蔵が応じた。

「それはできぬ」

肩から顔を上げて、お紋が恨めしげに錬蔵を見つめる。

「河水楼には見張りがついている。入ってくるとき、人の視線を感じた。おれが足を止めたら、気づかれたことを察したのか、気配を消した。おもうがままに自分の気配を消せる相手。なみなみならぬ武術の達人に違いない」

　錬蔵から躰を離し、お紋が錬蔵を見つめた。

「旦那は、河水楼を見張っている誰かを見つけだし、捕まえる気でいるんだね。止めておくれ。せめて今夜だけは、あたしとふたりっきりでいておくれ。お願いだよ」

「お紋、おれは深川鞘番所の北町組支配の立場にある身、深川の安穏を守るのが、おれの仕事だ」

「旦那」

　心配を露わにお紋がつぶやいた。

　お紋の肩に手をかけて錬蔵がいった。

「お紋、聞きわけてくれ。おれも、お紋とふたりで静かな時を過ごしたい。が、いまは、それができぬ。一刻も早く、河内屋の謀略を暴き出して裁きにかけねばならぬ。そうしないと深川は、河内屋によって滅茶苦茶にされてしまう。おれは、あらゆる手を尽くして、深川を守りたいのだ」

「旦那、わかったよ」

　小さくうなずいたお紋の眼差しが切ない。

　おもわず錬蔵はお紋の肩に手をまわしていた。

　抱きしめたい衝動が、錬蔵を襲う。

が、懸命に錬蔵はそのおもいを抑え込んだ。

肩に手をまわしたまま錬蔵がお紋にささやいた。

「おれが先に引き上げる。お紋は少し遅れて河水楼を出るのだ。藤右衛門に、お紋に用心棒代わりの男衆をつけて家まで送ってやってくれ、と頼んでおく」

はっ、と目を見開いて、お紋が錬蔵を見つめた。

「旦那、まさか、囮になるつもりじゃないだろうね」

「囮？　なぜ、そんなことをいうのだ」

「だって旦那は、さっき河水楼を見張っている者がいるといったじゃないか。旦那は、そいつの目をひくために、先に出るんじゃないのかい」

「たとえ、そうだとしても心配するな。手前味噌《みそ》だが、これでもおれは鉄心《てつしん》夢想《むそう》流皆伝の腕前、そこらの剣客にひけはとらぬ」

笑みをたたえた錬蔵をじっと見つめたお紋の目に、みるみるうちに潤むものがひろがっていった。

次の瞬間、お紋は錬蔵に縋りついていた。

胸に顔を埋め、喘ぐようにいった。

「旦那、死なないでおくれ。旦那が死んだら、あたしも生きてはいない」

「お紋」

迸《ほとばし》った愛しさを抑えきれずに錬蔵は、お紋の肩にまわした手におもわず力をこめていた。

河水楼から出た錬蔵は、投げかけられた鋭い視線を、しかと受け止めていた。

一瞬のことだったが、錬蔵は発せられた視線のもとを感じ取っていた。

迷うことなく視線の主へ向かって歩を運ぶ。

何者かが建家の外壁から離れる気配がした。外壁の近くに立った錬蔵が、まわりに警戒の視線を走らせる。

が、いずこかに潜む場所を移して気を消したか、見張っていた者の気配は感じとれなかった。

しばし、その場に立ち尽くした錬蔵は、鞘番所へもどるべく踵を返した。

お紋が察していたとおり、錬蔵は見張っている者をおびき出すための囮役をつとめる覚悟を決めていた。

あえて錬蔵は、人通りの少ない道筋を選んで歩みつづけている。人の多いところでは、多くの気配にまぎれて、つけてくる者の気を感じとりにくい。さらに襲ってくる者にしてみれば、人出が多いより少ないほうが襲いやすいのは、自明の理であった。


小名木川沿いの河岸道を錬蔵は歩いて行く。

いまは、つけてくる者の気配はない。が、辻を曲がるたびに錬蔵は、つけてくる者の気配を察していた。

と、背後から駆け寄る足音が響いた。

駆け寄りながら大刀を抜いたのだろう。かすかに風切り音が聞こえた。

錬蔵が刀の鯉口を切るのと、地を蹴る音が響いたのが、ほとんど同時だった。

つけてきた者が空に飛ぶ気配がした。

身を沈めながら錬蔵が大刀を抜く。

一気に大刀を振り上げた。

鋼と鋼がぶつかりあう音が錬蔵の頭上で響いた。

横に跳んだ錬蔵が大刀を右斜め下段に置いて身構える。

空を飛んで襲いかかってきた者は、錬蔵が一跳びして斬りかかっても、大刀の切っ先が届かないあたりに降り立った。

後ろを振り向くことなく、襲ってきた者は走り去っていく。

袴をはき、大刀を右手にさげていた。

遠ざかる後ろ姿を見据えたまま、錬蔵は鍔音高く大刀を鞘におさめた。

五

鞘番所の錬蔵の長屋には、前原と安次郎が待ち受けていた。

上座に錬蔵が座るのを待ちきれずに安次郎が声をかけてきた。

「大滝の旦那、まずいいつけに背いたことをお詫びいたします」

「いいつけに背いた？」

鸚鵡返しをした錬蔵に前原が口をはさんだ。

「御支配、私もお詫びいたします。河内屋の張り込みをはずれ、河内屋と茶屋潮見楼で酒宴をもった顔隠し頭巾をかぶった武士ふたりを、安次郎と手分けしてつけました」

「ふたりの口ぶりから推量して、つけていった先は驚くべきところだったようだな」

問いかけた錬蔵に安次郎が応じた。

「あっしがつけた相手は南町奉行所の表門の前で、乗ってきた宝泉寺駕籠から降り立ちました。迎えに出た門番たちとしたがっていた侍の様子からみて、つけた相手は南町奉行の土屋越前守さまじゃねえかと」

わきから前原が声を上げた。

「私がつけたお方も北町奉行所の表門の前で宝泉寺駕籠から降りられました。安次郎同様、門番やしたがっていた侍の様子から判じて、顔隠し頭巾をかぶった武士は北町奉行の依田豊前守様だとおもわれます」

「御奉行までも河内屋に籠絡《ろうらく》されているのか。困ったことだ」

つぶやいた錬蔵のことばにかぶせるように前原が声を上げた。

「それだけではありません。潮見楼にくる前に河内屋は老中田沼様の御屋敷を訪ねております。河内屋が会った相手が田沼様だとは言いきれませぬが。門番の河内屋にたいする扱いから推測して、河内屋は頻繁に訪ねているとおもわれます」

「河内屋は、御公儀に巨額の金子を貸し付けているに違いない。いまをときめく田沼様が動けば、南町、北町の御奉行もいうことをきかざるをえないだろう。誰でも出世はしたいからな」

「旦那らしくないことをいいなさる。およそ出世に縁のない大滝の旦那でも、出世したいと考えたことが一度はあるんですかい」

揶揄する口調で安次郎がいった。

苦笑いを浮かべて錬蔵が応じた。

「一度くらいは、ある。しかし、すぐに諦めた。曲がったことが嫌いな性分のおれには、上役の御機嫌とりができなかったからだ」

次の瞬間、真顔になった錬蔵が前原と安次郎に目を向けて、ことばを重ねた。

「おれの指図にしたがわず、宝泉寺駕籠に乗ったふたりの武士をつけたことで、おもわぬ結果を得た。此度は、前原と安次郎の判断を良しとしよう。探索には臨機応変の判断が必要になることもある。時においては、おれの指図にしたがわずともよい。ただ、臨機応変の事態に立ち至っているかどうかの判断は、慎重の上に慎重を重ねてくれ」

神妙な面持ちで安次郎と前原がうなずいた。

にやり、と意味ありげな笑みを浮かべて錬蔵がいった。

「今夜、藤右衛門に呼ばれて河水楼に出向いた帰り道、おれは何者かに襲われた。空に飛んで、おれに向かって大刀を振り下ろした。躰を沈めて、その一太刀を弾いたが、刀にこもった力の、あまりの強さに、おれの腕が痺れた。相当な手練れとみたが」

　驚愕して前原が声を上げた。

「先夜の鞘番所襲撃、今夜の御支配を襲った一件、ともに棚橋さんがからんだ一味が為したことでは」

　身を乗り出して安次郎がいった。

「そうに決まっている。河内屋と棚橋たちが仕掛けたことですぜ。まず間違いねえ」

「藤右衛門がおれを呼んだのは、いま深川で密かにすすめられている河内屋による深川の茶屋買い占めの企みについて話しあうためだった。観月の主人は、南町組の連中に揉み消してもらった足抜きした女を責め殺した一件を種におどされ、河内屋に観月を売った、といっていた。河内屋は、儲けの七割を受け取るだけで表に出ず、見世の仕切りは今まで通り観月の前の主人にまかせている」

　いまいましげに安次郎が舌を鳴らした。

「そういうやり方をとっているんじゃ、茶屋が河内屋に買い取られていることが、表にでにくい。考えやがったな」

　前原が問いかけた。

「河内屋は、いま茶屋を何軒、買い取ったのですか」

「藤右衛門は十軒、買い取られたといっていた」

応えた錬蔵が前原と安次郎を見つめた。

「溝口たちには、河内屋による深川の茶屋買い取りの陰謀がすすんでいることを明朝つたえる。いずれにしても老中田沼様、南町奉行土屋様、北町奉行依田様を後ろ盾にした河内屋の動きだ。何が起こるかわからぬ。今夜のおれのように、いつ刺客から襲われるかもしれぬ。こころして探索をすすめてくれ」

眦を決して、前原と安次郎が強く顎を引いた。


雲一つない青天を断ち切って、江戸城の甍が権勢を誇って聳えている。

その江戸城の一室で、上座にある田沼意次と向き合って、依田豊前守が座していた。

「呼び出したのは、昨日、河内屋が前触れもなく屋敷を訪ねてきて、わしに相談を持ちかけた深川の一件にからむことについて訊きたいことができたからじゃ」

問うた田沼に依田が応じた。

「なんなりとお訊きくださいませ」

「深川大番屋北町組支配大滝錬蔵について知りたい。河内屋め、『深川の茶屋を買い取り、深川をしきるために邪魔になる男がふたりいる。大滝錬蔵と茶屋の主人たちから絶大の信頼を得ている茶屋を数軒やっている河水楼の藤右衛門だ。藤右衛門は、時をかければなんとかなる。問題は大滝だ。大滝に刺客を送って始末するつもりだが、大滝は公儀の御用をつとめる役人、できれば穏便にすませたい。内役にもどすことができないか』というのだ」

「それは、無理でございましょう」

「無理？　なにゆえ無理と申すのじゃ」

問い返した田沼の声に苛立たしさがこもっている。

躰を竦め、上目遣いに田沼を見やって、依田が応えた。

「以前、米を買い占めた米問屋の探索を止めるよう命じられたにもかかわらず、大滝はその米問屋に打ち壊しを決行しました。結果、その米問屋が米を買い占めていたことが表沙汰になり、大滝の行為は、むしろ褒め称えられるものとなりました」

「ほう。大滝錬蔵、なかなかの知恵者だのう。人並み外れた度胸の持ち主とみたが」

「上役にとっては、扱いにくい憎々しい配下でございます。そのことがきっかけで大滝は、町奉行所の持て余し者が島流しされる深川大番屋へ左遷されたのでございます」

「もちろん、大滝もおのれが左遷されたことは察しているだろうな」

「深川大番屋へ配されるということがどういうことなのか、町奉行所のなかで知らぬ者はおりません。当然、大滝もそのことは、よくわかっているはず」

「河内屋が持て余しているところをみると、どうやら大滝は茶屋の主人たちはじめ深川の、悪人以外の住人たちからは、よくおもわれているのであろうな」

「腹立たしいことに、そのようでございます。深川の名主たちは、大滝さまがこられて町が住みやすくなった、と申しております」

「そうか。名主たちが、町が住みやすくなったと申していたか」

目を細めて田沼が黙り込んだ。

ややあって、依田に目を向けて田沼が告げた。

「依田、大滝錬蔵にたいして何ひとつ仕掛けてはならぬ。河内屋から頼まれても動いてはならぬ。わかったな」

「は？　それはなにゆえ」

訝しげに訊いた依田に田沼が応じた。

「大滝という者、おもしろい。金の力に物をいわせ、何かとしゃしゃり出てくる河内屋も面倒くさい男だ。大滝は金の力が通用せぬ男とみた。金を武器にやりたい放題の河内屋のお手並み拝見といきたい」

鋭く依田を見据えて田沼がことばを重ねた。

「老中田沼意次として命じる。此度の一件で大滝に手出しをしてはならぬ。よいな」

「承知仕《つかまつ》りました」

両手を突いて依田が深々と頭を下げた。


暮六つ（午後六時）を告げる時の鐘が鳴り響く頃、深川鞘番所に血相を変えて政吉が飛び込んできた。

「大変だ。大滝の旦那にお取り次ぎください。藤右衛門親方が、至急ご出馬願いたいと。大滝の旦那、ご出馬を」

小者詰所から小者がふたり飛び出してきた。ひとりが政吉のもとへ駆け寄る。

ひとりは北町組番屋役所へ向かって駆けだしていった。

永代寺門前山本《やまもと》町の十五間川沿いのとおりに、川面に向かって人だかりがしている。

人の輪のなかで、錬蔵が骸をあらためていた。傍らに政吉が控えている。小幡と八木が骸の前に立ち、周囲に警戒の目を注いでいた。

骸の胸には、小柄が天を向いて突き立っている。

「小柄はものの見事に心の臓に刺さっている。小柄は細い。かなりの握力の持ち主でなければできぬことだ。下手人は武術の達者に違いない」

独り言ちた錬蔵が顔を政吉に向けた。

「茶屋〈永居楼《ながいろう》〉の主人に間違いないな」

「何度も顔を見ておりやす。間違いございません」

「そうか。ついに茶屋の主人が殺されたか」

視線を人だかりに向けた錬蔵の目が、二列めに立ち、おもいつめた表情で骸を見つめている、お紋の姿をとらえた。

大きく溜息をついたお紋がうなだれるや、背中を向け人だかりをかきわけながら姿を消した。

（お紋）

胸中で錬蔵は呼びかけていた。

（そばにいってやりたい）

が、骸をあらためているいまは、できることではなかった。いまお紋がどんなおもいでいるか、錬蔵には痛いほどわかっていた。
奥歯を嚙みしめた錬蔵は、再び骸に目をもどした。

五章　紫電一閃《しでんいっせん》

一

筵をかけた永居楼の主人の骸を載せた大八車を小者に牽かせ、錬蔵を先頭に小幡、八木、小者数名が付き添った一行が、永居楼へ向かってすすんでいく。

通りの左右には、錬蔵たちの行列を眺めようと、野次馬たちが足を止めていた。

そのなかに町家の軒下に立って見つめている、鞘番所南町組の片山と飯尾の姿があった。

遠ざかる錬蔵に目を注いでいる片山に、飯尾が声をかけた。

「馴染みの茶屋から袖の下をせしめたし、近くの居酒屋で一杯やりますか」

顔を飯尾に向けて片山が厭味な口調で応じた。

「飯尾、貴様、目が悪いのか」

「は？　いつもよく見えていますが」

「そうか。よく見えているのか。見えているのなら、いま北町組の連中が運んでいったものが何か、見分けがついたはずだな」

「町人たちの立ち話を小耳にはさんだだけですが、永居楼の主人が何者かに殺されて、北町組が骸あらために駆けつけた、と聞いています。この先に永居楼がありますから、北町組の奴らは、主人の骸を届けにいくのではないですか」

「おれたちは、永居楼の主人からも袖の下をもらっていた。そのことを忘れたのか」

「忘れてはいませんよ。大事な金蔓をひとつなくして、がっくりしているところです。ついてない。一杯飲みたい気分ですよ。片山さんもそうでしょう」

「引き上げるぞ。帰ったら、用部屋でいろいろと話しあおう」

「帰っても晩飯はありませんよ。せめて、どこかで飯でも食って」

「どこかの一膳飯屋で握り飯でもつくってもらって持ち帰れば、晩飯になる。いくぞ」

「片山さん、勘弁してくださいよ。永居楼の主人が死んだって、まだ他にも袖の下をもらう口はたくさん残っているし、そんなに気にしなくてもいいじゃないですか」

「南町組支配のおれの命令だ。引き上げるぞ」

歩き出した片山が、早足で遠ざかっていく。

「急に御支配風を吹かせて、どうしたんですか。いつもは片山さんでいい、御支配と呼ぶな、堅苦しい気分になって、どうもいかん、といってるくせに、いったいどうしたんですか、片山さん」

不満たらたら、ぼやきながら飯尾が片山の後を追った。

永居楼には藤右衛門がいた。

骸を、主人の寝間に敷かれた夜具に横たえた後、錬蔵は小幡と八木に、主人が殺された場所にもどって、聞き込みをかけるように命じた。

永居楼に残った錬蔵は、藤右衛門に誘われるまま、主人の控えの間に入った。控えの間では、主人の女房でもある女将が待ち受けていた。

上座に錬蔵が、向かい合って藤右衛門が座り、女将が藤右衛門の斜め後ろに身を移して控えた。

口を開いたのは藤右衛門だった。

「大滝さま、永居楼の主人は河内屋から、見世を売り渡すように迫られていたのでございますよ」

「弱みを種にか」

わきから女将が口をはさんだ。

「二十年ほど前、二代前の鞘番所南町組の御支配さまにつかまれた、下働きの奉公だと騙して買いつけた女に無理矢理客をとらせたら、首を吊って死んでしまったことを咎められ、揉み消してやるかわりに月々の手当をよこせ、と迫られて、そのことを約束した書付を渡しました」

「二代前の南町組御支配に書かされた書付が、まだ生きているというのだな」

応じた錬蔵に、藤右衛門が女将にかわって話しだした。

「今回も、その書付を持って棚橋さまが、遠州屋とともに河内屋との話し合いの場に同座しておられます。永居楼さんは、なかなかの頑固者、河内屋の申し入れをこの二月の間、断りつづけていたそうです」

話さずにはいられない気持ちにかられたのか女将が、口をはさんできた。

「あの人は『一代で築き上げてきた永居楼だ。その上、儲かっている。毎月のお手当は、最低一月に一度は渡してきた。ときには、月に二度、三度ということもあった。揉み消してもらったお礼は十分過ぎるほど渡している。いまごろ、そのとき書いた書付を持ち出してきて、弱みを種に見世を売れ、などといってくるのは筋違いだ』といいつづけていたんです」

女将を見やって、錬蔵がいった。

「まだ誰が永居楼を殺したか、わかっていない。女将は、私が話してもいい、というまで、いま話されたことを他の人に喋ってはいけない。河内屋が女将の話を種に、さらに筋違いの因縁をつけてくるかもしれないからな」

「わかりました。口は災いの元といいます。気をつけます」

話が一段落したのを見計らって、藤右衛門が女将に声をかけた。

「永居楼さんの弔いの支度もあるでしょう。永居楼さんが横たえられている部屋へもどってください。それと、大滝さまと話し合いたいことがあるので、もう少しここを使わしてくださいな」

「どうぞ使ってください。あたしはこれで」

頭を下げて女将が立ち上がった。

女将が主人の控えの間から出ていったのを見届けて、藤右衛門が口を開いた。

「観月さんの見世を、弱みを種に脅し半分に買い取ったのと同じやり口ですね。私は、河内屋に買い取られた見世を知っているかぎり教えてくれ、と観月さんに頼んで、観月さんから聞き出した見世を片っ端から訪ねて、見世の主人たちから、見世を買い取られたわけを聞いてまわりました」

「どの見世も、観月や永居楼と似たようなものだった。違うか」

「ご推察のとおりです」

「だとすると河内屋に見世を売り渡した主人たちは、鞘番所南町組に弱みを握られ、見逃してもらうために月々手当を払うことを約束した書付を書かされた者たちということになる」

問いかけた錬蔵に、藤右衛門が応じた。

「そういうことになりますね」

空に錬蔵が目を据えた。思案を深めるときの、錬蔵の癖ともいえる、所作であった。

しばしの間があった。

目を藤右衛門にもどして、錬蔵が口を開いた。

「明日から配下の者たちに片っ端から深川の茶屋の主人たちを訪ねさせ、『以前鞘番所の南町組に弱みを握られ、その弱みを握りつぶすかわりに、月々手当を払うことを約束した書付を書かされた者は申し出よ。また河内屋が、その書付を種に見世を売れ、と持ちかけてきたときは、すぐさま鞘番所北町組に知らせること。河内屋との話し合いは、見世の代人として、北町組が行う』と触れさせる」

「よくいってくださいました。いま深川の茶屋を守る手立てはそれしかありますまい。私は、いま大滝さまがいってくださったことを書付にして、深川中の茶屋に廻状としてまわします。よろしいでしょうか」

「かまわぬ。われわれが茶屋を一軒ずつ訪ねてまわるには、かなりの時がかかる。藤右衛門が廻状をまわしてくれれば、茶屋の主人たちに早く話がつたわる。むしろ、ありがたいくらいだ」

笑みをたたえて錬蔵が応じた。

「何を仰有います。お礼をいうのは私たち茶屋の主人たちでございます。これからも深川を、深川に住み暮らす町人たちを、よろしくお願いいたします」

神妙な面持ちで告げた藤右衛門が、深々と頭を下げた。

深川鞘番所の南町組の支配用部屋で、与力の片山、同心の大熊五郎次、飯尾釜太郎、三好幾介の四人が円座を組んでいる。

「今日、永居楼の主人が殺された。おれたちが、年番方与力の棚橋さんから求められるまま譲った、永居楼の弱みを揉み消すかわりに、月々口止め料代わりの手当をおれたちに支払うことを約束した書付を書いたひとりだ。証はないが、おれは同心潮田と永居楼の主人は、棚橋さん承知の上で河内屋が、息のかかった殺し人に殺させたのだろう」

わきから飯尾が声を上げた。

「永居楼の主人が殺されたとしても、私らに入ってくる金高は変わらないではないですか。棚橋さんが、月々の手当は永居楼に代わって河内屋が払う。そういわれたではありませんか。大丈夫、心配ありませんよ」

「そうはいかぬ。永居楼は河内屋から弱みを記した書付を種に脅され、見世を売り渡せ、と迫られていた。が、月々の手当はちゃんと払ってある。その金は口止め料代わりのもの、あくまで見世を売れ、と迫られるのなら、こちらにも考えがある。罪を揉み消してもらうために手当を支払いつづけたことを表沙汰にする、といって断りつづけていたのだ」

「永居楼ひとりですめばいいが、同様の書付を書いている〈梅川《うめかわ》〉など他の茶屋の主人も殺されるかもしれませんね」

口をはさんで大熊が、眉をひそめた。

「おれも、そうなることを恐れている」

一同を見回して片山がことばを重ねた。

「河内屋が深川を仕切ることができればいいが。途中で企てが頓挫したらどうなる。おれたちは袖の下を受け取りにくくなるぞ。いや、深川中の茶屋から、棚橋という与力に加担して揉め事を大きくした南町組の奴らめ、許さぬ、と憎まれて、相手にしてもらえなくなるかもしれぬ。深川におれたちの居場所がなくなるかもしれぬ」

横から飯尾が焦った声を上げた。

「そいつは困る。南町奉行所にもどったら、役立たずとののしられ、相手にされないことだけはたしかだ。第一、おれたちが町奉行所に呼びもどされるはずがない。深川に残っても、冷たくあしらわれるだけだ。どうしたらいいだろう。どうする三好」

南町組のなかで、最も年下の三好を振り向いて飯尾が訊いた。

急に話を振られて、三好が目を落ち着きなく動かして、溜息をついた。

「急にいわれても、私にはわかりません。どうしよう、困りました。実に困りました。どうしたら、いいんだろう」

躰をくねらせてうつむいた三好が、大きな溜息をついた。

さげすんだ目つきで三好を見やった大熊が、顔を片山に向けていった。

「御支配、私は御支配の考えにしたがいます。飯尾も三好も、同じだとおもいます。そうだな、飯尾、三好」

「そうです」

「そのとおりです」

うつむいて大熊と目を合わせないようにした飯尾と三好が、相次いで応えた。

「おれは、棚橋さんと河内屋の企みには加担しないと決めた。棚橋さんとは、面従腹背、その場その場で適当に相槌を打つだけで、一切動かないつもりだ。みんなもそうしろ」

気乗りしない顔つきで、一同がうなずいた。

茶屋〈喜里川《きりかわ》〉の出入りを見張ることができる、通りの向かい側にある通り抜けに安次郎と前原が張り込んでいる。

喜里川の表に、三挺の町駕籠が客を待っていた。

芸者たちと一緒に出てきた河内屋、棚橋、遠州屋が、それぞれの駕籠に乗り込む。

駕籠舁たちが駕籠を持ち上げた。

通り抜けから、動き出した駕籠を見つめていた安次郎と前原が立ち上がる。

「行きやすか」

声をかけて行きかけた安次郎に、

「待て。殺気を感じる」

大刀の柄に手をかけて前原が告げた。

その瞬間、通りへ向かう通り抜けの出入り口を塞ぐように、数人の浪人が横ならびに立った。

足を止めた安次郎が振り向く。

「後ろからもやってきますぜ、破落戸《ごろつき》浪人どもが」

振り返った前原の目に、通り抜けの反対側の出入り口から浪人数人が安次郎たちに歩み寄ってくる。

「出入り口を塞がれましたぜ。これじゃ通り抜けから出られねえ」

「おれの後ろにまわれ。奴らが襲いかかってきたら、おれが打って出る。安次郎は隙を見て逃げろ。鞘番所まで走り続けるのだ」

「一緒に戦いやしょう。これでも多少は役に立ちます」

出入り口を塞いだ浪人たちの向こうに、つらなって辻を曲がる三挺の町駕籠が見える。

背伸びして眺めた安次郎が声を上げた。

「くそっ、何てこった。駕籠が見えなくなった。これじゃ後をつけられねえ」

柄に手をかけたまま一方の外壁を背にして前原が呻いた。

「一飛びして突きを入れても大刀の切っ先が届かないほどの距《へだ》たりをおいて、奴らは足を止めた。おれたちが動かないかぎり、斬り込んでこないつもりだな、奴らは」

「どうしやしょう」

「奴らは十数人。斬り合ったら、おれたちに勝ち目はない。奴らの出方を待とう」

「わかりやした」

懐にのんでいた匕首を安次郎が引き抜いた。

「背中合わせになろう。おれは前を向く」

「あっしは、通り抜けの反対側から入ってきた奴らの相手をしやす」

背中合わせになった前原と安次郎が、それぞれ身構えて浪人たちの襲撃に備えた。

小半刻（三十分）近く過ぎ去った頃、通り側の出入り口を塞いでいた浪人のひとりが声を上げた。

「もういいだろう。引き上げる」

その声に、通り抜けの前に立ち、安次郎たちの行く手を塞いでいた浪人たちが左右に散った。

反対側にいた浪人たちが、通り抜けの後ろ側の出入り口に向かって立ち去って行く。

「河内屋たちは、おれたちの動きを封じたのだ。つけられていることに、すでに気づいていたのだろう」

「そうでしょうね。もっとも朝から晩まで張りついているんだ、気づいて当たり前ですよ」

顔を安次郎に向けて、前原がいった。

「このこと、今夜のうちに御支配に知らせねばなるまい」

「行きますか」

促され、無言でうなずいた前原が足を踏み出した。安次郎がつづいた。

二

鞘番所の木戸門の脇に、腰に大小二本を帯び、小袖を着流した武士が立っている。

すでに夜四つ（午後十時）を過ぎている。もどってきた錬蔵は、待っている武士の気を探った。

殺気は感じられなかった。

歩いてくる錬蔵に気づいたのか、その二本差が近寄ってきた。

片山銀十郎だった。

「話がある」

声をかけてきた片山に錬蔵が応じた。

「おれも訊きたいことがある」

「鞘番所のなかでは話したくない。南町組と北町組の支配ふたりが、鞘番所のなかで話せば、公のこと、とみる輩もいる。いろいろと面倒だ。小名木川を眺めながら話そう」

「いいだろう」

踵を返した錬蔵に片山がならった。

小名木川の川面に数艘の舟が浮かんでいる。箱型網行燈の明かりが、釣り棹を手にした男を朧に照らし出している。

川辺に肩をならべて錬蔵と片山が立っていた。

「余計な口出しかもしれぬが、河内屋がらみの一件から手を引いたほうがいい」

「ひかぬ。河内屋や南の年番方与力棚橋殿のやり方が気に食わぬ。おれは、南の同心潮田某と永居楼を殺したのは河内屋から頼まれた殺し人だと推測している。とことん調べ上げて、ふたりに悪行の償いをさせるつもりだ」

皮肉な笑みを浮かべて片山がいった。

「無理だろうな。ふたりとも御法度では裁くことはできぬ。河内屋の背後には御上のお偉方がついている。人殺しのひとつやふたつ、たとえ証があったとしても揉み消されるのが関の山だ」

「そのことは、承知の上だ。調べ上げたからな」

「手回しのいいことだ。が、余計な動きだったかもしれぬな」

「無駄な動きになってもかまわぬ。おれは深川が好きだ」

顔を片山に向けて、錬蔵がことばを重ねた。

「築地されて深川は少しずつ広くなっていく。築地に用いるのは、江戸中から集められた塵芥《ちりあくた》だ。塵と芥によって大きくなっていく深川には御法度破りの岡場所が点在している」

「そんなことはわかっている。能書きは聞きたくない」

話を遮った片山にかまわず、錬蔵がつづけた。

「深川に住み暮らす町人たちのほとんどが、御法度に反した岡場所がらみの稼業で暮らしをたてている。深川の住人たちは、塵芥でつくられた土の上で住み暮らしているのだ。御上から塵芥扱いされても仕方のない町人たちが生きている土地《ところ》、それが深川だ。おれも似たようなものだ。北町奉行所から厄介者扱いされて追い払われ、深川でしか、おのれの力を使い切れぬ弱い男なのだ」

「弱い？　大滝、おぬしは、本気で自分を弱い男だとおもっているのか」

訝しげな顔つきになって問いかけた片山に、錬蔵が応えた。

「そうだ。弱いからこそ、おれを頼りにしてくれる深川の住人たちの力になることができるように強くなりたいと、強くありたいと自分を奮い立たせているのだ」

「弱いから、強くなりたい、強くありたいとおもっているのか。強くありたいと」

独り言のような片山のつぶやきだった。

大きく息を吐き出した片山が、ぼそりと、ことばを継いだ。

「おれは、強くならなくてもいい。何事も無理をせぬというのが、おれの信条だ」

顔を錬蔵に向けることなく片山がいった。

「話は終わった。おれは引き上げる」

踵を返し片山が足を踏み出した。

鍊蔵が片山を見やることはなかった。

魚が釣れないのか、釣り舟の一艘が向きを変えて木場のほうへ漕ぎ去っていく。

遠ざかり小さくなっていく箱型網行燈の明かりを、鍊蔵は凝然と見つめている。

鞘番所にもどった鍊蔵は、用部屋へ向かった。永居楼の主人が殺されている。前原と安次郎が、河内屋たちの動きをつたえにくるに違いないとおもったからだった。

北町組番屋役所といっても、勝手のある土間からつづく板敷の間と、板敷の間のわきにつくられた廊下づたいに同心詰所、支配用部屋とつづく、こぢんまりした建家だった。

土間から廊下へ上がろうとして鍊蔵は、用部屋に明かりが灯っているのに気づいた。

（前原たちにしては早すぎるが）

そうおもいながら鍊蔵は、廊下の上がり端に足をかけた。

用部屋の前にたった錬蔵が声をかけた。

「入るぞ」

「お待ち申しておりました」

声は溝口のものだった。

上座にある錬蔵と向かい合って溝口が座っている。

「もう大丈夫です。手も腕も不自由なく動きます」

座ったまま溝口が手の指を開いたり閉じたりして、さらに腕を曲げ伸ばし、回してみせた。

「探索で動き回っても大丈夫だと、玄庵先生のお許しは出たのか」

笑みをたたえて錬蔵が訊いた。

「太鼓判というほどではありませんが、無理をしなければいいでしょう、といわれました」

「無理したら、どうなるのだ」

「それは」

いいよどんだ溝口に錬蔵がいった。

「無理をしたら、腕がおもうように動かなくなる、といわれたのではないか」

「そうです」

「探索に出るのは、もう少し後にしたほうがいいのではないか」

突然、溝口が両手を突いて、頭を下げた。

「お願いです。探索させてください。松倉さんの看病をしながら、長屋にいると探索がすすんでいるかどうか気になって、みょうに苛立つのです。ついつい松倉さんに対してもことばが荒くなったりして、おたがいにとってよくないのではないか、とそんな気がしているのです」

顔を上げ錬蔵を見つめて、溝口がことばを重ねた。

「お願いです。探索をはじめさせてください」

再び溝口が深々と頭を下げた。

じっと溝口を見つめて錬蔵がいった。

「襲われている人を助けるとき、おのれの身が危ないとき以外は刀を抜いてはならぬ。また、十手を無闇矢鱈に振り回さないこと。この約束を守れるか」

顔を上げて溝口が応えた。

「守ります。必ず守ります」

「よかろう。明日から探索の任についてくれ。頼りにしているぞ」

「存分に働かせてもらいます」

眦を決して溝口が応じた。


溝口と入れ違いに前原と安次郎が用部屋にやってきた。

ふたりから、浪人たちにはばまれ、河内屋と棚橋をつけることができなかった、と報告を受けた錬蔵は、空を見据えた。

ややあって、ふたりに目をもどして錬蔵が口を開いた。

「今日、永居楼の主人が何者かに殺された」

「あの頑固者の旦那が、殺された」

「まさか河内屋の一味が」

ほとんど同時に安次郎と前原が声を上げた。

心ノ臓に小柄を突き立てられて永居楼の主人が殺されたこと、永居楼の主人が二十年前に犯した、下働きの年季奉公だといって買いつけた女に客をとらせたら首を吊って死んでしまったことを見逃してもらうかわりに、南町組の面々に月々手当を渡すことを約束した書付を種に、河内屋が脅し半分に、永居楼を買い取りたいと申し入れていたこと、主人がその申し出を断りつづけていたことなどを、話して聞かせた後、錬蔵がふたりに告げた。

「前原、安次郎、明日から別の動きをしてもらう。前原は溝口と、安次郎はおれと組んで動くことになる。明朝五つに用部屋で新たな探索の手立てについて指図する。前原は、いまから皆の長屋をまわり、明朝五つに用部屋へ集まるようにつたえてくれ」

「承知しました。いまからまわります」

脇に置いた大刀を手にとって、前原が立ち上がった。

用部屋から出ていく前原にはかかわりなく錬蔵が安次郎に告げた。

「安次郎には、もう一働きしてもらう。おれがこれからしたためる書状を、直に藤右衛門に渡してくれ。おれが、この書状で藤右衛門に頼んだ一件について、藤右衛門に返事をくれとも書いておく。その藤右衛門の返書を明朝五つ、用部屋に持ってきてくれ」

「わかりやした。何て人使いが荒いんだ、と一文句つけたいところだが、永居楼の旦那が殺されたと聞いたら、無駄なことをいっている閑はねえ。大滝の旦那、早く書付を書いておくんなせえ。あっしが墨を擦りますぜ」

気が焦るのか安次郎が硯箱を探すべく立ち上がった。

襖が一枚、開けられた。

行燈の朧な光が部屋に流れ込む。

小さな夜具がふたつならべて敷いてあり、それぞれに佐知と俊作が眠っていた。そばに誰も寝ていない大きな夜具が敷いてある。おそらくお俊の寝床だろう。

寝ている佐知と俊作を隣りの部屋から覗いているのは、前原とお俊であった。

「閉めるよ、前原の旦那」

「もう少し見させてくれ。寝顔を見るのは久しぶりだ」

「駄目だよ。起きちゃうだろ」

声をひそめていったお俊が、音をたてないように慎重に襖を閉めた。

「旦那、話があるんだよ」

行燈のそばに座ったお俊と向き合うように、前原が座った。

じっと前原を見て、お俊が話かけた。

「旦那、佐知ちゃんや俊作ちゃんが可哀相だよ。忙しいのはわかるけど、たまには休みをもらって遊んでやったらどうだい」

「そうはいかぬ。人手が足りないのだ」

「ふたりにとっちゃ、血のつながった、たったひとりしかいないお父っつぁんなんだよ。佐知ちゃんも俊作ちゃんも、口にはださないけど寂しがっているよ。あたしにはわかるんだ、ふたりの気持ちが」

「お俊は母代わりだ。佐知も俊作も、お俊を大好きだといっていた。お俊がいるから、おれは務めに精を出せる」

「あたしゃおっ母さん代わりで、血のつながったおっ母さんじゃないからね。ほんとのおっ母さんだったら気づくことも、あたしにはわからないんだよ。子供たちには血のつながった親の優しさが必要なときがあるのさ。大滝の旦那に頼んで、休みをもらいなよ」

「わかった。そのうち頼んでみる」

「ほんとだね。ほんとにふたりと遊んでやるための休みをもらうんだね」

「もらう。きっと休みをとる。それまでは、お俊、ふたりの母になっていてくれ」

「おっ母さんにはなれないけど、おっ母さん代わりなら、いらないといわれるまでやらせてもらうよ。あたしゃ、佐知ちゃんと俊作ちゃんが心底かわいいんだよ。いつまでも、ふたりのそばにいさせてもらいたいんだよ」

「ありがとう。これからも、ふたりのこと、よろしく頼む」

頭を下げた前原に、お俊がいった。

「頼まれなくたって、ふたりの面倒はみるよ。あたしゃ、佐知ちゃんや俊作ちゃんが、自分の子のような気がしているんだ。ほんとだよ」

「ありがとう、お俊。佐知や俊作のこと、くれぐれも頼む」

「いいよ。その代わり、これからも佐知、俊作と呼び捨てにして、悪さをしたらこっぴどく叱るからね」

「そうしてくれ。それでこそ、母のしつけだ」

「おっ母さんじゃないよ。おっ母さん代わりだよ」

微笑んで、お俊が応じた。

三

翌朝、鞘番所に、子供たちの弾けるような笑い声が響いた。

物干し竿に洗い物を干す手を止めて、お俊が笑い声のしたほうを見やる。

佐知と俊作が縄跳びをしていた。

自分でまわしている縄を飛べなくて、縄が俊作の足に引っ掛かって、動きが止まっている。しくじった自分に腹が立ったのか、俊作が頬を膨らませて口を尖らせていた。そんな俊作を見て佐知が笑っているのだった。

その様子から、佐知が俊作に縄跳びの跳び方を教えていることがわかる。

何やら話しかけながら、佐知が飛んでみせた。俊作が目を皿のようにして、縄跳びしている佐知を見つめている。しばらく佐知の縄跳びを見ていた俊作が、再び自分で縄跳びを始めた。

そんなことが何度も繰り返されている。

微笑んだお俊が、手を止めたまま、佐知と俊作を優しげな眼差しで見つめている。

用部屋で、上座にある錬蔵と向かい合って腕を白布で吊った松倉、溝口、八木、小幡たちが座っていた。その斜め後ろに前原と安次郎が控えている。

身を乗り出して松倉が声を上げた。

「話が始まる前に、御支配に申し上げます。見廻りなど動き回ることはできなくとも、鞘番所の同心詰所に詰めて、つなぎの役目ぐらいは果たせます。なにとぞ、務めにつくことをお許しください」

笑みをたたえて錬蔵が告げた。

「おれから頼みたかったことだ。つなぎ役、やってもらおう」

「足手まといにならぬように務めさせていただきます」

「くれぐれも無理はしないでくれ」

「躰を使わぬつなぎの役目。無理をしなければならぬことはありません。たっぷりと働かせてもらいます」

「頼む」

応えた錬蔵が安次郎を見て、ことばを重ねた。

「さっき安次郎が届けてくれた藤右衛門からの返書、読ませてもらった。茶屋まわりをする同心一組に、茶屋を案内してくれる男衆をひとりつける、と書いてあった。茶屋へ案内してくれる男衆は鞘番所にきているのか」

「板敷の間に待たせております。いつも探索をてつだってくれる政吉と富造《とみぞう》で」

「政吉と富造なら動きもいいし、役に立つ。ありがたいことだ。誰の組とともに動いてもらうか、後ほど決める」

一同を見渡して、錬蔵が告げた。

「昨日、何者かに殺された永居楼の主人は、犯したしくじりを見逃してもらうかわりに、南町組の者たちに月々手当を払うことを約束した約定書を書いたひとりだ。永居楼の主人は、河内屋から見世を売ってくれと申し入れられていた。もし断ったら、この約定書を表沙汰にすると脅かされたそうだ。が、永居楼の主人は見世は売らないといいつづけた」

「それが殺された理由ですか」

問いかけてきた溝口に錬蔵が応えた。

「だれが殺したか、どんな理由で殺されたか、まだ決めつけることはできぬ」

「しかし、誰が考えても河内屋一味の仕業だと推測できます。先夜、蛇骨の駒十が殺されたとき、息を引き取る間際に『棚橋』といっております」

「しかし、まさに死人に口なし。もはや駒十に棚橋殿とのかかわりを語らせることはできぬ」

「その通りです。悔しいかぎりです」

無念そうに溝口が呻いた。

「今後、茶屋の主人殺しがつづくおそれがある。これ以上、殺し人の暗躍を許すわけにはいかぬ」

一同に視線を流し、錬蔵がことばを重ねた。

「永居楼の主人同様、南町組に弱みを握られ、月々の手当を払うという約定書を書かされた茶屋の主人たちが殺し人に襲われるおそれがある。そこで、新たな殺しを食い止めるべく一計を案じた」

錬蔵は、河内屋から見世を売り渡すよう迫られたら、その件については鞘番所北町組を代人にすると決めている、北町組の御支配と話してくれ、と応えるように茶屋の主人につたえるべく、約定書を書かされた茶屋を訪ねるというのが、その策だと告げ、

「河水楼の藤右衛門が手助けしてくれることになった。手下の政吉と富造が約定書を書いた茶屋を案内してくれる。溝口と前原の組は政吉と、八木と小幡の組は富造とともに茶屋をまわってくれ。おれは安次郎とともに別の動きをする。支度がととのい次第、出かけてくれ」

一同が無言で顎を引いた。

顔を安次郎に向けて、錬蔵がいった。

「安次郎、皆に板敷の間に控えている政吉と富造を引き合わせてくれ」

「わかりやした。ご一同さん、板敷の間に向かいましょう」

声をかけて安次郎が立ち上がった。

用部屋から安次郎たちが出ていくのを見計らったようにお俊がやってきた。

文机に座って、墨を擦っていた錬蔵が向き直ると、お俊は向かい合うように座った。

いきなりお俊が両手を突いた。

「大滝の旦那、お願いがあります」

「他ならぬお俊の頼みだ。できうるかぎりきいてやりたいが、どんな話だ」

「前原の旦那を休ませてほしいんです。佐知ちゃんも俊作ちゃんも、口には出しませんが、前原の旦那とできるだけ多く触れあいたいのです。あたしには、そんなふたりの気持ちがよくわかるんです。その代わり、あたしが前原さんの代わりに動きます。張り込みも尾行も、しっかりやってみせます。だから前原の旦那を休ませてください」

じっとお俊を見つめて錬蔵が告げた。

「お俊の頼み、いまはきいてやるわけにはいかぬ。いや、前原も休みをとろうとはしないだろう。前原は探索のさなかで、死ぬことを望んでいる男だ。つい、この間、前原がおれにいったことがある。『もしも私が探索のさなか息絶えたら、子供たちの面倒を見てくれますか』というのだ。おれは、必ず面倒をみる、と応えた。そしたら」

「前原の旦那は、何て応えたんですか」

「『これで、こころおきなく死ねます』と微笑みを浮かべた。あのときの前原の顔は、おれの瞼に焼き付いている」

一瞬、息を呑んだお俊が黙り込み、膝に置いた手を握りしめている。

気づかぬ風を装って、錬蔵が告げた。

「いま探索している一件が落着したら、必ず前原に休みをやる。厭だといっても休ませる。これはおれと、お俊や佐知ちゃん、俊作ちゃんとの約束だ」

笑みをたたえた錬蔵に、お俊が曖昧な作り笑いで応えた。


茶屋をまわるための、溝口たちと政吉たちとの手配りを終えた安次郎が用部屋にもどってきた。

「旦那、お俊が顔を出していたようですが、何か揉め事の相談ですかい」

「佐知ちゃんと俊作ちゃんの話だ」

「お俊もすっかりおっ母さんらしくなってきやしたね。女掏摸だったことが嘘みたいだ」

文机に置いてあった結び文を手に取った錬蔵が安次郎に差し出した。

「これを棚橋に届けてくれ。二分も握らせれば、上から下まで賄漬けで、袖の下をもらい慣れた南町奉行所の小者たちだ。必ず棚橋に結び文を手渡してくれる。前金で一分、後金で一分という約束をすれば、手渡したことも知らせてくれるだろう。小者には、蛇骨一家の者だ、といって結び文を渡せばいい」

結び文を受け取った安次郎に、

「二分を渡しておく。それと、これは駄賃代わりだ」

懐から銭入れを取り出した錬蔵が二分をつまみだし、さらに小判を一枚ぬきとった。

受け取った安次郎が声を上げた。

「駄賃が一両とは豪勢ですね」

「うまいものでも食ってくれ。おれは、蛇骨一家に出向き、代貸が帰ってきたかどうか確かめる。その後、河水楼の藤右衛門のところへ行き、河内屋に見世を売り渡した主人たちがどんな様子か聞いてみる。結び文が棚橋に渡ったとの知らせを受けたら、安次郎も河水楼にきてくれ」

「わかりやした」

懐から取り出した巾着に安次郎が、受け取った小判一枚と二分を放り込んだ。

江戸城の一室で、老中田沼意次と南町奉行土屋越前守が話しあっていた。

「今朝方、登城したら北町奉行の依田が、わしの控え室で待っていた。昨夜、依田は深川一帯の名主たちと、深川の茶屋で会合をもったそうだ。そこへ名主のひとりに急ぎの知らせがきた」

「急ぎの知らせ？　まさか河内屋がらみのことでは」

「依田は、おそらく河内屋がかかわっているのではないかというのだ」

「知らせのなかみを教えていただけませぬか」

「永居楼の主人が殺された。胸に小柄が突き立っていたそうだ」

「胸に小柄が。それでは下手人は武士か浪人ということになりませんか」

「おそらくそうだろう」

「困りましたな、河内屋には。あまりにも強引すぎる」

首を捻った土屋に田沼が告げた。

「河内屋とはこれ以上付き合えぬ。依田もそういっていた」

「それでは、御老中と依田殿は、河内屋から手を引かれると。それはいかがなものかと。もとはといえばご老中より、河内屋の相談に乗ってやれ、といってこられた話、いまさら、手を引くといわれても」

「土屋殿、何をぐだぐだいっておられる。いや、誰に向かって、いっておるのだ。わしは田沼意次、幕府の屋台骨を支える天下の老中であるぞ」

「存じております。すべて私の心得違いでございました。平にご容赦くだされたく、この通りでございます」

手を突いて土屋が平伏した。

「河内屋のこと、土屋殿の好きになされい」

悠然と田沼が立ち上がった。


代貸の長八は、まだ蛇骨一家にもどっていなかった。

河水楼に向かいながら錬蔵は、

（おそらく長八は、河内屋が差し向けた殺し人によって殺されたのだろう）

そう推断している。

結び文は、棚橋への呼び出し状であった。

〈蛇骨の駒十と代貸長八についてお訊きしたいことがあります。暮六つ、永居楼にて待つ。蛇骨代人〉

とだけ書いてある。

端から、棚橋は永居楼にはこないだろう、とふんでいる。

結び文を届けさせた狙いは、棚橋を動揺させることにあった。

河内屋一味のなかで、もっとも攻めやすい相手は棚橋だと、一件の成り行きを通じて錬蔵は判じていた。

遠州屋は、河内屋の腰巾着にすぎない。河内屋にくっついて、商いでも遊びでも、いいめにあいたいとおもっているだけの男、と錬蔵はみていた。

遠州屋を脅しても、河内屋にご注進するだけで、それ以上のことは起きない、と錬蔵は考えている。

（棚橋が仕掛けた罠に引っ掛かってくれればいいが）

そうおもいながら、錬蔵は歩みをすすめた。

下城するなり土屋は棚橋を呼びつけた。

人払いをした土屋は、棚橋が前に座るなり、怒りを露わに睨みつけた。

「棚橋、何をしている。潮田については、潮田の妻が、病にて潮田が急死した。養子を迎えて同心職をつづけたい旨を記した願い書を届け出たから、大事にならずにすんだ。が、此度の、深川の茶屋永居楼の主人殺しは見過ごすわけにはいかぬぞ」

驚きを隠そうともせず、棚橋が問いかけた。

「永居楼の主人のこと、どこからお聞きになりました」

「御老中の田沼様からだ」

「田沼様はどこから」

問いを重ねた棚橋に土屋が声を高めた。

「たわけ者。そのようなこと詮索しても一文の得にもならぬわ。田沼様につたえたのは依田殿だ。依田殿は田沼様に、河内屋にかかわることから手を引きたい、と申し入れてこられたそうだ」

「それでは田沼様も」

うんざりした顔をして土屋が応えた。

「わしに、河内屋との付き合いはわしの好きにしろ、といわれた」

「困りましたな。これを見てくださいませ」

懐から二つ折りした結び文をとりだした棚橋が、膝行して土屋に差し出した。

受け取って開いた土屋が眉をひそめた。

「蛇骨代人と書いてある。何者だ、こ奴は」

「おそらく深川大番屋の北町組支配大滝錬蔵の仮の名ではないかと」

「蛇骨一家といえば、深川の町々に不安をまき散らし、揺さぶりをかけるため、土地のやくざたちと小競り合いをさせるために雇ったやくざの一家のひとつだったな」

「その蛇骨一家の親分駒十を捕らえて責めにかけ、背後にいる依頼主を探ろうとしたのが大滝でございます。河内屋の用心棒頭、中根《なかね》甚九郎《じんくろう》なる剣の遣い手が深川大番屋に斬り込み、駒十を殺害したと聞いております」

渋面をつくって土屋がいった。

「どうも、やり方が荒っぽくていかぬな。棚橋、田沼様は、もはやあてにできぬぞ。わしも、いささか嫌気がさしてきた」

あわてて棚橋がにじり寄った。

「それは、困ります。御奉行の命で河内屋に肩入れしてきた私の立場はどうなります。私は、どうすればいいのですか」

「どうすればいいか、わしにもわからぬ。好きにしろ」

「好きにしろ、といわれても」

「棚橋、いままで十分いいおもいをしたのだ。うまく手を引け。誰しもわが身はかわいいものだ。強欲過ぎる河内屋のような男と、深く付き合いすぎるとわが身の破滅を諦めたのか、深々と頭を下げた。

「吐き捨てるようにいい、そっぽを向いた土屋を、恨めしげに見つめていた棚橋が、

「話は終わった、引き上げていいぞ」

「それは、あまりにも冷たい物言い、私は私なりに」

招くぞ」


河水楼の主人の控えの間で、錬蔵は藤右衛門と向き合って座している。

「河内屋から見世を買い取られた茶屋の主人たちの様子を訊きたい」

と切り出した錬蔵に、

「主人だった者たちは、それなりに河内屋とうまくやっているのでしょう。観月さんみたいに、腹立たしいおもいを私にぶちまけてくれれば、対処の仕方もあるのですが、動こうとしない相手に、不満があるのではないか、と訊きにいくわけにもいきません」

苦い笑いを浮かべて藤右衛門が応えた。

藤右衛門のいう通りだった。

「そういわれれば、そうだな」

相槌を打った錬蔵に、藤右衛門がいった。

「観月さんの話では、観月さん自身に入ってくる金は、見世をやっているときより三割ていど減ったぐらいで、暮らしには困らないようです。さすがに上方の商いで鍛えられてきただけあって、河内屋は人の使い方がうまいのでしょう」

にやり、と意味ありげな笑いを浮かべて藤右衛門が、ことばを重ねた。

「河内屋が気づいていないことがあります。深川に住み暮らす者のほとんどは、深川が好きです。自分たちと同じように深川を大事にしてくれる者には好意を持つが、仕切ろうとするものには反発する。それが深川の住人です。大滝さまが深川の茶屋の主人の代人として、河内屋と話してくださるということを知ったら、いま黙っている見世を売り渡した主人たちは、きっと動きだします」

「待つしかないようだな」

独り言のようにつぶやいた錬蔵に、藤右衛門が微笑みで応じた。

夕七つ半（午後五時）すぎに錬蔵は、河水楼に顔を出した安次郎とともに永居楼へ向かった。

（おそらく棚橋はこないだろう）

と、錬蔵は判じている。

が、万が一ということもあった。万が一、棚橋が永居楼にやってきたときに、錬蔵がいない、というようなしくじりは避けねばならない。

探索に無駄は付きものであった。

永居楼へ錬蔵と安次郎が向かっている頃……。

河内屋の奥にある主人の居間で、河内屋と棚橋が話しあっていた。河内屋の傍らに遠州屋が控えている。壁ぎわに、中根甚九郎が大刀を抱くようにして目を閉じ、壁に背をもたれかけていた。

薄ら笑いを浮かべた河内屋が向かい合う棚橋の顔を覗き込むように、顔を近づけた。

「棚橋はん、勘弁してくださいな。ここまできて、突然、手を引きたいといいだされても、はい、そうでっか、と聞ける話やありまへんで」

「御奉行から、田沼様も北町奉行の依田様も、此度の一件からは手を引かれたと聞いている。御奉行もやる気をなくされたようだし、おれひとり踏ん張っても、河内屋の狙いどおりには事はすすまぬと判じたのだ」

「心配が過ぎるのではありまへんか。田沼さまに土屋さま、依田さまもお金が大好きなお方。お金の顔を見れば、すぐに機嫌がなおりまっせ。仰山、金を抱えて顔を出せば、どなたはんもえびす顔にならはる」

「そう簡単に運ぶともおもえないが」

目をそらした棚橋に、

「そうそう棚橋はんに渡そうとおもうて、銭入れに入れたまま渡しそびれていたものがありますんや。受け取っておくれやす」

懐から河内屋が銭入れを取りだした。

開いて、なかから八つ折りにした書付を抜き出す。

銭入れを懐にもどした河内屋が、開いた書付を棚橋の目の前に突きつけた。

「何て書いてあるか、棚橋はん、読んでおくれやす」

書付を棚橋が読み始めた。

「約定書。深川を支配する目的が成就した暁には、棚橋さまに礼金二千両、差し上げます。後日の証とするべく、本証をしたため、差し入れます。棚橋貞右衛門様。河内屋庄兵衛《しょうべえ》。日付は今日か」

顔を河内屋に向けて、棚橋が笑みを浮かべた。

「二千両とは豪勢だな」

「それから後は年五百両、深川仕切りの相談役手当として渡しますえ。棚橋はんが諸大名方や大店から受けとられる付届は年二千両ほどと土屋さまから聞いております。付届で手にされる金高と比べて、礼金の高が少ないとはおもいまへん。どうでっしゃろ。これからもわてに力を貸していただけまへんか」

「わかった。河内屋、とことん付き合おう。が、当分の間、田沼様や御奉行の力を借りることはむずかしいぞ」

「早々に金の力で、田沼さまや土屋さまを籠絡いたしましょう。しかし、時が惜しゅうおますな」

口をはさんで、中根が声を上げた。

「南の同心潮田某、蛇骨一家の親分駒十、代貸の長八、永居楼の主人と殺してきた。剣の業前を見極めようと、深川大番屋の北町組支配の大滝某にも仕掛けた。大滝はかなりの剣の遣い手だった。が、他の者はおれの敵ではない。大滝が仕掛けてくる前に、片っ端から見世の売り渡しを渋る茶屋の主人を殺していけば、事は一挙にすすむはずだ」

「甚九郎さんには、上方の商売敵を何人も斬り殺してもらいましたな。そのお陰で河内屋は一気に大きゅうなりました。今夜からでもええ。見世の売り渡しを渋っている主人たちを、片っ端から始末しておくれやす」

「まかせておけ。配下の浪人たちがいる真崎《まつさき》の寮にもどって、すぐさま動けるよう手配りしておこう」

応えて、中根が立ち上がった。

四

時の鐘が、明六つ（午前六時）を告げて鳴り響いている。

息せき切って走って来た男が、鐘が鳴り終わるのを待っていたかのように、鞘番所の表門の扉を叩いて、わめいた。

「大変だ。大滝さまにお取次を。大滝さま」

小者詰所から出てきた小者が、細めに開けた潜り門の隙間から顔をのぞかせた。

「何だ、政吉さんかい。どうしたんだい、朝っぱらから、大きな声出して」

「大変だ。ふたり、ふたり殺された」

「殺し。そりゃ大変だ。北町組の御支配は、まだ長屋にいらっしゃる」

あわてて小者が潜り門の扉を開けようとする。

待ちきれなかったのか、政吉が小者ごと扉に体当たりして、なかへ駆け込んでいった。

小半刻（三十分）後、政吉を道案内に、錬蔵はじめ松倉をのぞく北町組の面々が鞘番所の表門から駆けだしていった。

錬蔵は小者に、

「安次郎が顔を出したら、河水楼に行き、茶屋〈梅川〉と〈寿仙《じゅせん》〉の主人が殺された場所を教えてもらい、落ち合うようにとつたえてくれ」

といいおいていた。

出役していく錬蔵たちを、鞘番所内の物陰から、片山が身じろぎもせず見つめている。

二刻（四時間）ほど後、錬蔵と安次郎は一ノ鳥居近くの自身番にいた。板敷の間の上がり端に、肩をならべて腰をかけている。梅川と寿仙の主人ふたりの骸は、すでに自身番に運びこまれていた。

鋉蔵は、梅川と寿仙の女将が骸を引き取りにくるのを待っている。

心ノ臓に深々と突き刺さった小柄が、ふたりの命を奪ったのは明らかだった。

小柄で心ノ臓を刺して命を断つ。永居楼の主人も、同じ手口で殺されている。

茶屋の主人三人を殺した下手人はひとり、剣術を得手とする浪人。それが、鋉蔵の推測している下手人の姿だった。鋉蔵の頭上を飛んで大刀を振り下ろした浪人のことが、鋉蔵の脳裏に浮かぶ。

あの浪人と、必ずもう一度、斬り合うことになる。どういう技を使うのか、一太刀合わせただけの鋉蔵には、まったく見当がつかなかった。

(どう戦えばいいのか)

戦えば、相打ちになる、と鋉蔵は見立てている。

次第に思案の淵に沈み込んでいく鋉蔵を、話しかけてきた安次郎の声が現実にひきもどした。

「旦那、気になることがあるんですが」

「気になること？」

鸚鵡返しをした鋉蔵に安次郎が応じた。

「溝口さんたちが昨日から茶屋まわりを始められました。おそらく茶屋の主人仲間では、河内屋が茶屋の買い取りを無理強いしてきたら、鞘番所の北町組に駆け込めば、代人として北町組が動いてくれる、という噂が昨日のうちに広まったはずです。が、その日の夜に、梅川と寿仙の主人が殺された。茶屋の主人たちは、この殺しをみて、どう考えるだろうとおもいやして」

「そうよな。おそらく鞘番所を代人に立てて、河内屋と話しあってもらっても、いつ殺されるかわからない有り様がつづくことになる。北町組が警固をしてくれることは、まずないだろう。こうなると北町組もあてにならぬ。そう考える者が出てくるだろうな」

話しながら錬蔵は、同心の潮田はじめ蛇骨の駒十、永居楼の主人と殺しがつづいていることを知りながら、目的のためには人を殺すことをなんともおもわない輩を相手にしていることにおもいいたらなかった、おのれの迂闊さを恥じていた。

「旦那、差し出がましいことですが、ふたりで女将たちが骸を引き取りにくるのを待っているのも能のない話。あっしが、いま、旦那が推量なさったことについて、腹を割って話せる男衆を訪ねて、茶屋の主人たちの様子を聞き込んできましょう」

「そうしてくれ。それと、梅川の主人が殺されたあたりで聞き込みをしている前原と溝口に、この自身番に急いでくるように、とつたえてくれ。藤右衛門に警固をつけるべきではないか、とそんな気がしているのだ」

「藤右衛門親方が殺されたら、深川に巣くっている悪《わる》どもが、さぞやのさばるでしょうね。前原さんたちに旦那の指図をつたえた後、河水楼にまわり、旦那の許しが出るまで外へ出ないでくれ、と話してきましょうか」

「そうしてくれ」

「女将たちに骸を下げ渡した後は、旦那、どうなさいます」

「河水楼にいる。聞き込みを終えたら、河水楼にきてくれ」

「わかりやした。それじゃ、出かけやす」

笑みを錬蔵に向けて、安次郎が立ち上がった。


長屋の表戸を開けて、突然訪ねてきたお紋の顔を一目見るなり、お俊はおもわず眉をひそめていた。

「どうしたんだい、お紋さん。何か、おもいつめてることでもあるのかい」

「どうしたらいいか、わからないことができてね。誰かに相談したい、話を聞いてくれる相手は誰だろうと考えつづけたら、お俊さんしかいないことに気づいて、それで、やってきたの」

しげしげとお紋を見つめて、お俊がいった。

「あたしでよけりゃ、役に立ちたいけど、いま、子供たちが昼寝しているんだ。表へ出て、立ち話でよけりゃ相談に乗るよ」

「立ち話でもかまわない。話を聞いてもらえるのなら、どこでもいい」

「わかった。それじゃ、小名木川でも眺めながら話そう」

外へ出てきてお俊が歩きだした。お紋がついていく。

小名木川沿いに立つ桜の木の下で、川面を見ながらお紋とお俊が立っている。

「話を聞かせてくれるかい」

お俊に声をかけられて、お紋が話しだした。

河内屋から申し入れられた身請話を断ったことがきっかけで、恥をかかされたと怒った河内屋が、お紋を深川から追い出すため、深川の茶屋を買い占めだしたこと、河内屋の、茶屋を買い取る強引なやり方に負けて、十軒ほどの茶屋が河内屋のものになったこと、河内屋の申し入れを断りつづけた茶屋の主人が何者かに殺されたこと、茶屋を守るため、北町組が茶屋の代人になって河内屋と話しあうことを主人たちにつたえてまわっていること、昨夜、新たに茶屋の主人ふたりが何者かに殺されていたこと

などをお俊に話して聞かせたお紋が、

「あたしが、河内屋が申し入れてきた身請話を受け入れていたら、こんなことにならなかったんじゃないかとおもって、いろいろと考えたの。いまからでも遅くはない、あたしが河内屋に、身請けしてもらいます、と申し入れたら、この騒ぎはおさまるんじゃないか、と、そんなことをおもったりして」

それまで黙って話を聞いていたお俊が、お紋のことばを遮るように甲高い声を上げた。

「自惚《うぬぼ》れもいいかげんにしなよ。どうかしてるんじゃないのかい、お紋さん。大滝の旦那のことを、ちっとは考えたことがあるのか。大滝の旦那がお紋さんを、お紋さんも旦那を好きだとおもったから、あたしは旦那を諦めたんだ。それを何だい。あたしが河内屋に身請けしてもらえば、騒ぎはおさまるんじゃないかだって。ふざけんじゃないよ、お紋さん。お紋さんとは相思相愛の仲だと信じている大滝の旦那や、泣く泣く旦那を諦めたあたしの気持ちを考えたことがあるのかい」

柳眉を逆立てたお俊を度肝を抜かれたような、いまにも泣きそうな顔つきになって、お紋が見つめた。

しばしの沈黙があった。

口を開いたのは、お紋だった。

「ありがとう、お俊さん」

「ありがとう？　あたしゃ礼をいわれるようなことは何もいっていないよ」

笑みを浮かべて、お紋が応えた。

「お俊さん、相談してよかった」

「さっぱりわからないよ、お紋さんのいっていることが。あたしは、ただ腹立たしくなって、あたしの気持ちをぶつけただけだよ」

「お俊さんの本気をぶつけてもらった。その本気の強さが、あたしの弱気を吹き飛ばしてくれた。お俊さん、あたしゃ、負けないよ。命をかけて河内屋を深川から追い払う。大滝の旦那の力を借りて、戦う」

「その意気だよ、お紋さん。あたしも手伝うよ。あたしにできることがあったらいっておくれ。力になるよ」

「お俊さん、ありがとう」

お紋が手を差し出した。

「これからちょくちょく顔をだしておくれ。あたしも話し相手が欲しいんだよ」

お俊が、お紋の手を握りしめた。

「くるよ。うるさいくらいに顔を出すよ」

「いつでもいいよ」

握った手にお俊が力をこめる。お紋も、お俊の手を強く握り返した。

安次郎から錬蔵の伝言をつたえられて、自身番に駆けつけた溝口と前原の顔を見るなり、錬蔵が告げた。

「藤右衛門を警固する。前原、警固の任についてくれ」

「承知」

といいかけた前原のことばを遮って、溝口が口をはさんだ。

「待ってください。その役目、私におまかせください。一度、吟味場で河内屋の手先とおもわれる刺客と刃を交えたが、かなりの遣い手。前原には悪いが、歯の立つ相手ではない。私は独り身、後顧の憂いなく戦うことができる」

「怪我の具合は大丈夫か」

問いかけた錬蔵に溝口が応じた。

「これくらいの傷、剣の修行を積んでいた頃なら、気にもとめなかったぐらいのもの。心配ありません」

わきから前原が声を上げた。

「溝口さん、たしかに私にはふたりの子供がいる。後顧の憂いのある身だ。だからといって、同情は無用にしていただきたい。私が命じられた藤右衛門警固の役目、譲るわけにはいかぬ」

困惑した溝口が、

「同情などしておらぬ。おれと前原、どちらが警固役に適任か、それだけを考えていったことだ」

閉口したのか、溝口が助けを求めるように錬蔵を見やった。

おもいつめた面持ちで、前原も錬蔵を見つめている。

ふたりの視線を受けて、錬蔵は困惑していた。

うむ、と首を捻って問いかけた。

「前原、警固役に必要なものは何だとおもう」

「それは、剣の業前かと」

じっと前原を見つめて、錬蔵が告げた。

「おれは棚橋の動きが気になっている。河内屋にくらべて棚橋は攻めやすい。おれは棚橋を追い詰めて動揺させれば、一件は落着するとおもっている。動揺すれば棚橋は動きまわる。動けば動くほど、襤褸《ぼろ》が出やすくなる。そこにつけいる隙が生じる」

「御支配」

「前原、この場から南町奉行所へ向かい、棚橋を見張れ。見張っているのがわかるように見張るのだ」

「それはなにゆえ」

「この役目の狙いは、棚橋を動揺させる、その一点にある。たとえ浪人たちから行く手を阻まれても逆らうことなく、その場をやりすごすのだ。たとえ姿を見失っても、棚橋が現れそうなところに向かえ。つけてきていないはずの前原の姿を見いだしたら、棚橋はいっそう追い詰められた気持ちになるだろう。辛抱するこころだけが武器になる役目だ。やってくれるか、前原」

「やらせていただきます。私には適した役目。しぶとく棚橋に喰らいつきます」

「粘り強く頼む」

唇を真一文字に結んで、前原がうなずく。

顔を溝口に向けて、錬蔵が告げた。

「溝口、あらためて藤右衛門の警固を命じる。これから鞘番所へ引き上げるのだ。小袖を着流した忍びの姿になって、着替えの衣を風呂敷に包み、河水楼へ向かえ。二六時中藤右衛門のそばにいるのが警固の役目。河水楼に泊まり込むことになる」

「ありがたい。久しぶりに思う存分、剣を振るえます。腕がなります」

目を輝かせて、溝口が応じた。


梅川と寿仙の女将に、それぞれ骸を下げ渡した後、錬蔵は河水楼へ向かった。

河水楼に錬蔵が顔を出したときには、すでに溝口は河水楼にいた。出迎えた政吉が錬蔵に声をかけてきた。

「溝口さんは、主人の控えの間で、親方とともに待っておられます」

無言でうなずいた錬蔵が、控えの間に向かうべく足を踏み出した。


控えの間で、錬蔵と藤右衛門が向き合って座している。溝口は錬蔵の斜め脇に控えていた。

「小袖を着流した溝口さんがやってきて、いきなり『御支配から藤右衛門の警固を命じられた。時においては泊まり込むことになる』といわれたときには驚きました」

笑みを浮かべた藤右衛門に、錬蔵が応じた。

「その前に、安次郎が立ち寄ったはずだが」

「きました。大滝の旦那の許しが出るまで、藤右衛門親方は出かけないでくれ。このことは大滝の旦那の命令みたいなもんだ、といって、さも忙しそうに出ていきました。どういうことか、よくわかりませんでしたが、溝口さんがこられて合点がいきました」

「一件が落着するまでの間、どこへ行くにも溝口がついてまわることになる。わずらわしいときもあるだろうが、用心するにこしたことはない」

「大滝さまのこころ遣い、感謝しております」

頭を下げた藤右衛門に錬蔵が訊いた。

「梅川と寿仙の主人が殺された。このことを茶屋の主人たちがどうみるか、いささか気になっている。藤右衛門の耳に、そこらへんのことがつたわっておらぬか」

「まだ聞こえてきません。いずれにしろ、鞘番所の北町組は、代人として河内屋との話し合いには乗り出してくれるが、命までは守ってくれない。あまり頼りにならんな、とおもう者も出てくるはず。大滝さまたちに対する信頼はかなり落ちるでしょうな」

「おれも、そうおもう。が、始めたばかりの茶屋まわりを止めるわけにはいかぬ。当分の間、八木と小幡に貧乏籤《くじ》をひいてもらうことになりそうだ」

「梅川と寿仙の主人たちも、心ノ臓に小柄を突き刺されて殺されたと聞いていますが」

訊いてきた藤右衛門に錬蔵が応えた。

「永居楼の主人を殺したときと同じやり口だ。おれは、三人の骸をあらためたが、突き入れた小柄の深さまで、ほぼ同じだった。もっともすべて目測、物差しで計ったわけではないので、たしかなところはわからないが」

わきから溝口が声を上げた。

「御支配、藤右衛門が、できれば河水楼以外の見世を見廻りたいといっておりますが、そろそろ出かける刻限、どういたしましょう」

「すでに溝口は藤右衛門を警固している。出かけてもいいぞ」

顔を藤右衛門に向けて、溝口がいった。

「御支配のお許しが出た。藤右衛門、好きな時に出かけてもいいぞ」

「それでは、そろそろ出かけますか。大滝さまは、どうなさいます」

「おれは鞘番所へもどる。ないとはおもうが、河内屋に見世を売り渡すように迫られている茶屋の主人が、相談にきているかもしれぬ。くわしい事情を知らぬ松倉ひとりでは手を焼くかもしれぬ」

脇に置いた大刀に錬蔵が手をのばした。

鞘番所の表門の見えるあたりで錬蔵は、足を止めた。

目を凝らす。

表門のわきに所在なげに立っている、小袖を着流した忍び姿の武士がいた。

錬蔵が立ち止まったところからは少し距たりがあるので、顔がはっきりと見えない。が、その武士は、どこか片山に似ていた。

表門に向かって錬蔵が歩いていくと、気がついたのか武士が歩み寄ってきた。やはり片山だった。

片山が手を上げて、小名木川のほうを指で示した。先日、片山と錬蔵が話しあったあたりであった。

うなずいた錬蔵が小名木川へ向かった。

小名木川を荷を積んだ船が行き交っている。

そこには、いつもと変わらぬ景色が広がっていた。

川辺に、錬蔵と片山が横ならびに立っている。

顔を錬蔵に向けて片山がいった。

「今日、棚橋がきた」

「棚橋が、きたのか」

目を片山に向けて、錬蔵が訊く。

成り行きで、ふたりは目と目を合わせることになった。いままで一度もなかったことであった。

見合ったまま、片山がいった。

「棚橋の様子が、いつもと違っていた。やけに明るい。どこか吹っ切れたような、みょうにぎらぎらしたような、うまくいえぬが、とにかく、違っていた」

「茶屋梅川と寿仙の主人ふたりが殺された。心ノ臓に小柄が深々と刺さっていた。永居楼の主人と同じ殺され方だ」

「茶屋の主人ふたりが殺されたことは知っている」

「棚橋とは、どんな話をした」

「いえぬ」

「いま、深川がどういう有様になっているか、知っているだろう。いってくれ」

「いつもと同じ話だ。それ以上はいえぬ。が」

ことばを切った片山が、黙り込んだ。

目を逸らす。

そんな片山の横顔を錬蔵はじっと見つめている。

ややあって、ぼそりと片山がつぶやいた。

「おれも、深川でしか、生きていけぬ男とわかった」

顔を錬蔵に向け直して、片山がことばを継いだ。

「深川は、おれの性分に合っている」

片山に目を据えたまま、錬蔵がいった。

「棚橋を呼び出してくれ」

湧いて出た、おもわぬことばに錬蔵は途惑っていた。錬蔵のなかで、そのことばの因《もと》を求めて、意識が激しく揺れ動いている。

その動きが止まった瞬間、脳裏に浮かんだ顔があった。

お俊だった。

「呼び出すぐらいのことは、できる。明日一日、時をくれ」

「明後日には、呼び出せるのだな」

「明後日の昼頃としておこう。呼び出す場所と刻限を記した書付を、明日のうちに小者頭に預けておく」

「明日のうちに、だな」

念を押した錬蔵に、急に渋面をつくって片山が吐き捨てた。

「しつこいのは嫌いだ。おれは行くぞ」

ちらり、と錬蔵に視線を走らせて、片山が踵を返した。

振り向くことなく歩き去っていく。

その後ろ姿を錬蔵がじっと見つめている。

五

鞘番所にもどった錬蔵は、用部屋へ向かわずに、前原の長屋へ向かった。

長屋のそばで、お俊が物干し竿にかけた洗い物を取り込んでいる。

歩み寄った錬蔵が、お俊に声をかけた。

「お俊、出番だ。早ければ二日後に働いてもらう」

「わかりました。動く日が決まったら教えてくださいな。役に立ってみせます」

取り込んだ衣を抱えたまま、お俊が微笑《ほほえ》みで応えた。

同心詰所の戸襖が、一枚だけ開けてあった。

廊下をやってきた錬蔵が、開け放した戸襖の前で足を止める。部屋のなかで、松倉が文机に向かって書き物をしている。気配を感じたのか、筆を止めて松倉が振り返った。

「御支配、おもどりでしたか」

「立ち寄っただけだ。すぐ出かける」

部屋に入った錬蔵が、松倉と向かい合うように座った。

居住まいを正そうとする松倉に錬蔵が声をかけた。

「かしこまらずともよい。茶屋の主人が相談にきたか」

「まだ、ひとりもやってきません。茶屋の主人たちにしてみれば、金を払って南町組に揉み消してもらった悪事を、北町組に蒸し返されるような気がして、切羽詰まらないかぎり相談しにこないのではないでしょうか」

「そんな気もする。いずれにしても、茶屋の主人たちの駆け込み寺代わりになればよいとおもって始めたことだ。ひとりもこないほうがいいのかもしれぬ」

「私もそうおもいます」

「主人たちがいつ相談にくるかわからぬ。いつでも対応できるようにしておいてくれ」

「承知しております」

疲れているのか松倉が目をしょぼつかせた。

鞘番所を出た錬蔵は、一ノ鳥居近くの自身番に顔を出した。寿仙の主人の骸が見いだされたあたりの聞き込みにかかっている小幡たちから、錬蔵へ伝言が入っているかもしれない、とおもったからだった。

主人の骸をこの自身番に運び込んだことは、小幡たちも知っている。手がかりになりそうなことを摑んだら小幡たちは、錬蔵につなぎをとるだろう。錬蔵は、そう考えていた。

が、小幡たちは自身番に顔を出していなかった。

自身番を後にした錬蔵は、藤右衛門から知らされた、河内屋が買い取った見世のある岡場所を見廻りつづけた。

櫓下から裾継、仲町《なかちょう》へと足をのばした錬蔵は、宵五つ（午後八時）の時の鐘が鳴り終わったのを境に、できるだけ人通りの少ない通りを選んで歩くようにした。

仲町に入ったあたりから、錬蔵はつけてくる者の気配を感じていた。

その気配に気づいたとき、錬蔵は、

(仕掛けた罠に、やっと獲物がかかった)

胸中でそうつぶやいていた。

見廻りには、ふたつの狙いがあった。

河内屋が買い取った見世のある岡場所の様子に、多少の変化があるかどうか見極めることと、できるだけ目立つように歩き回っていれば、河内屋に雇われている殺し人たちに襲われるかもしれない。襲われたら斬り捨てて、そのまま骸を残しておく。骸は自身番に引き取られるはずであった。万が一、骸の引き取り人が名乗りでれば、手がかりのひとつになる。手がかりをえるためになすことであった。

つけてくる者の数は、次第に増えていく。

七場所のひとつ、家鴨へ向かうふりをした錬蔵は仲町から永代寺門前町へ出て、蓬《ほう》莱《らい》橋を渡った。

渡って右へ折れた錬蔵は、大島《おおじま》沿いに歩きつづけた。左手に松平阿波守《まつだいらあわのかみ》の下屋敷の塀がのびている。大島の対岸にある仲町や門前町、背後にある家鴨などの岡場所の明かりが煌々《こうこう》と灯り、不夜城の観を呈しているのに比べて、このあたりは明かりひとつない、深い闇が広がる一角であった。

(襲うにはもってこいのところ。早く仕掛けてこい。貴様らをおびき出すためにおれはここへ来たのだ)

不敵な笑みを錬蔵が浮かべたとき、背後から凄まじい殺気が発せられた。

駆け寄る足音が響くのと錬蔵が刀の鯉口を切るのが、ほとんど同時だった。

大刀を鞘走らせながら、錬蔵は躰を反転させていた。

右八双に構えた錬蔵が、大刀をかざして駆け寄る浪人三人に向かって走り寄っていく。

虚をつかれたのか、浪人たちが動きを止めた。

錬蔵の動きに変わりはなかった。

勢いを増して近づくや、すれ違いざま右へ左へと刀を振るっていた。

闇の中、鋼をぶつけあう音が響き火花が飛び散る。瞬く間に、同じ有り様が三度繰り返された。

浪人たちと錬蔵の立ち位置が逆になっている。家鴨寄りに位置した、錬蔵が振り返ったとき、三人の浪人が大刀を取り落とし、その場に崩れ落ちた。

倒れた浪人たちを、警戒を解くことなく、錬蔵が凝然と見つめている。

三人の浪人と錬蔵が死闘を繰り広げていた頃……。

姿を現しそうなところをまわったが、結局は棚橋を見つけだすことができなかった前原が、力ない足取りで鞘番所に帰ってきた。わずかの間だが、張り込んだ河内屋を後にしたあたりから、誰かにつけられている気配を感じている。

が、前原は後ろを振り向こうとはしなかった。錬蔵から、

「できるだけ目立つように動け」

と命じられている。つけられるのは、むしろ望むところであった。

長屋に向かって歩く前原の耳に、さっくさっく、と聞き慣れない音が飛び込んできた。土に細い棒を突き刺している音に似ている。

音は、前原の長屋の裏手から聞こえてくる。

音のするほうへ、忍び足で前原が近づいていく。

長屋の外壁に身を寄せて、前原が様子を窺った。

見つめた視線の先に、樽のなかに詰めた土塊に向かって指を突き立てているお俊の姿があった。

子供たちの面倒を見ているお俊の顔ではなかった。

まさしく獲物を狙う獰猛《どうもう》な獣のような、お俊の眼差しであった。

あまりの凄みに、前原はかけようとしたことばを飲み込んでいた。

気配に気づいたお俊が、振り向いた。

「前原の旦那、どうしたのさ。度肝を抜かれたような顔をしてさ」

曖昧な笑みを浮かべて前原が応じた。

「どうしたんだ、お俊。何で、そんなことをやっているんだ。掏摸がやっている指の鍛錬なんかやって」

「御支配から、出番だ、と声をかけられたんだよ」

「大滝の旦那が、頼んだのか」

「前にあたしから申し出ていたのさ。前原の旦那に休みをやって、子供たちと遊ぶ時をつくってくれってね。大滝の旦那も、いろいろと気遣ってくれている。あたしに頼むときは、一件落着の目安がつきそうなときだけなんだよ。あたしには、大滝の旦那の気持ちがよくわかるんだ」

「お俊、おまえは」

まだ御支配のことを好きなのか、といいかけて、前原は口を噤《つぐ》んだ。

土にまみれた右手の指を掲げて、

「大丈夫、まだ指の動きは昔のままだ。少しも衰えてはいない。前原の旦那、近いうちに子供たちと一緒に遊んでやれる。佐知ちゃんも俊作ちゃんも大喜びして、はしゃぎまわるよ。嬉しいね」

満面を笑み崩してお俊がいった。

「お俊」

温かいものが前原のなかでこみ上げてきた。涙が浮いてこぼれ落ちそうになる。瞼に力をこめて、前原は溢れ出そうになる涙を懸命にこらえた。

鞘番所にもどり用部屋に足を踏み入れた錬蔵を、小幡と八木が待ち受けていた。

「どうした？」

刀架に大刀をかけながら、錬蔵が問いかけた。

「聞き込みが一段落した後、富造とともに茶屋の主人五人を訪ねたのですが、いささか腹が立ちました」

渋面をつくって八木が吐き捨てた。

「腹が立ったとは？」

代わって小幡が応えた。

「相談にのってもらい話し合いの代人になってもらうのはありがたいが、話しあってもらっている間に、永居楼さんや、梅川さん、寿仙さんみたいに殺されてはかなわない。鞘番所で、私の命を守ってくれるのなら相談にのってもらってもいいが、その証がなければ、とても話し合いの代人をお願いする気になれない。茶屋の主人のほとんどが、そう応える始末でして」

腹立たしいおもいを抑えきれなかったのか、八木が苛立たしげな声を上げた。

「とんでもない連中ですよ。見世を脅し半分に買い取られるのは自分たちだというのに、私たちの親切を逆手にとったような物言いをして、こんなこと、やってられません」

予測されていたことだったが、茶屋の主人たちの反応に、錬蔵は呆れかえっていた。八木のいうとおりだとおもう。が、

（ここで引き下がれば、深川はいずれ河内屋のものになる。そうなったら深川はどうなる。ここで鞘番所が話し合いの代人になる、という話を打ち切ってはならない）

強いおもいが、錬蔵の投げやりになりかけたこころを甦らせた。

ふたりに目を向けて、錬蔵が告げた。

「腹も立つだろうが、ここは辛抱のしどころだ。永居楼、梅川と寿仙の主人殺しはお

れと安次郎が探索する。いったんやり出したことを早々と打ち切るわけにはいかぬ。鞘番所北町組の面目にかかわる。深川の安穏を守るのが、おれたちの役目だ。おれたちは、おれたちの役務を貫くだけだ。明日も、富造とともに茶屋を訪ねまわってくれ」

「承知しました」

「心得違いをしていました。やり抜きます」

相次いで小幡と八木が声を上げた。

あえて錬蔵は、小幡と八木に自分が三人の浪人に襲われたことを告げなかった。いったら小幡たちに新たな動揺の種をつくりだすかもしれない。そう判じた上での錬蔵の動きであった。

翌朝五つ（午前八時）過ぎに、安次郎がやってきた。

すでに用部屋に入っていた錬蔵と向かい合って座るなり、安次郎が告げた。

「どっちが困っているのか、さっぱりわからない。呆れた話ですよ。七人に聞き込みをかけやしたが、茶屋の主人たちや男衆のいっている話の身勝手さには驚きましたぜ」

「昨夜、小幡と八木から話を聞いた。主人たちからは、河内屋との話し合いの代人になってもらうにしても、命を守ってくれるという証がないと、とても頼めない、といわれた、といっていた」

苦笑いを浮かべながら、錬蔵が応じた。

「屋上屋を重ねる、という諺があるが、それまで望んでいたことが満たされると、さらに、その上を望む。よくある話だ。おれたちは、決めたことをひとつずつ片づけていく。おれたちができることだけをやっていけばいい」

「そう考えりゃ腹立ちも少しはおさまりますね。つきつめていけば、鞘番所のさしのべた手につかまらないで、河内屋に強引に見世を買い取られて損をするのは主人たちですからね」

「おれたちは、おれたちのやり方を貫く。それだけのことだ。安次郎に聞き込みをかけてもらってわかったことで、おれたちの取るべき態度を決められる。世間の評判とは、しょせん、それだけのことにすぎぬ」

「あっしも同じおもいでさ。世間の評判を気にしていたら、とても生きてはいられません。あっしなんざあ、それこそ恥だらけ、傷だらけの生き様ですからね」

「おれも似たようなものだ。持って生まれた曲がったことが嫌いな頑固な性分。いままでまわりにどれだけ迷惑をかけたかわからぬ」

笑みをたたえて、錬蔵がいった。

鞘番所を出た錬蔵は安次郎とともに河水楼へ向かった。

河水楼の主人の控えの間に錬蔵たちが顔を出すと、溝口が肘枕をして寝ていた。そのそばで、藤右衛門が文机に向かって帳面をあらためている。

顔をのぞきこんだ安次郎の気配に気づいたのか、低く呻いて溝口がかすかに目を開いた。

目の前にある顔に驚いたのか、溝口が半身を起こした。ぶつかりそうになって安次郎があわてて身を躱す。

藤右衛門と向き合うように座り、笑みをたたえて溝口を見やっている錬蔵に目を向けて、溝口があわてて座り直した。

取りなすように藤右衛門がいった。

「私が、控えの間にいるときは好きなようにしていてください、といったんですよ。昨日は、深更まで懇意にしている茶屋の主人四人の見世を訪ね、河内屋のことで、いろいろと話し合いました。溝口さんは、外へ出るたびに前後左右に警戒の視線を注がれて、ぴりぴりした気配が私にもつたわるほどでしたから、きっとお疲れになったんでしょう」

苦笑いして溝口がいった。

「御支配にとんでもないところを見られてしまった。いや、実に面目ない」

躰を縮めて、頭をかいた溝口に錬蔵が告げた。

「二六時中、警固するのが警固役の務めだ。休めるときに休む。それでいいのだ」

笑みを向けた錬蔵に、

「そうさせていただきます」

神妙な顔づきで溝口が頭を下げた。

暮六つ（午後六時）過ぎまで、深川の盛り場を見廻った錬蔵と安次郎は、帰る道筋にある料亭で夕餉を食した後、鞘番所へ向かった。

表門の潜り門からなかに入った錬蔵は、安次郎に、

「先に用部屋へ行ってくれ」

と声をかけ、その足で小者詰所に向かった。

声をかけて表戸を開けると、錬蔵に気づいた小者頭が、意味ありげに目配せして立ち上がり歩み寄ってきた。

そばにきた小者頭が懐から、掌で包み込むようにして結び文をとりだした。

「片山さまから、内密のことだ。他の者に知られぬように直に大滝さまに手渡してくれ、といわれております」

小者頭が、結び文を掌に包み込んだまま、錬蔵の手を握るようにして渡してきた。

受け取った結び文を、掌で覆い隠すように握って錬蔵が声をかけた。

「手間をかけたな」

「いえ、大滝さまと片山さまが仲良くしてくだされば、私たちも動きやすくなります。なにとぞお願いいたします」

わずかに頭を下げた小者頭に、錬蔵が微笑みを浮かべてうなずいた。

用部屋に足を踏み入れた錬蔵は、立ったまま、掌に包み込んで持ってきた、結び文の結び目をほどいた。

座っていた安次郎が錬蔵を興味深そうに見やっている。

錬蔵が結び文を開いた。

結び文には、

〈明日昼九つ、永代寺門前町の料亭平清《ひらせい》で棚橋殿と昼餉を食う。片山〉

とだけ記してあった。

（いかにも片山らしい）

そう判じて、にやりとした錬蔵を見て、安次郎が声をかけてきた。

「旦那、文を読んでにやついたりして、お安くないですね。お紋からの結び文ですかい」

顔を安次郎に向けて、錬蔵が告げた。

「安次郎、いまから河水楼に行って、藤右衛門に明日一日、政吉を貸してくれ、手伝ってもらいたいことがある、とおれがいっていた、とつたえてくれ。藤右衛門の許しが出たら、明日の昼四つまでに政吉と一緒に用部屋に顔を出してくれ。細かいことは、そのときに話す」

お俊に棚橋の銭入れを掏らせようとおもいついたときから、考えていた策があった。その策に政吉が必要だった。

「わかりやした」

腰を浮かせた安次郎が座り直し、揶揄《やゆ》するように訊いてきた。

「ところで、旦那。その結び文の返事をお紋につたえなくてもいいんですかい。何なら、あっしが一役買ってもいいんですぜ」

「心配無用だ。藤右衛門が出かけるかもしれぬ。早く行け」

「わかりました。人の恋路を邪魔する奴は、と唄の文句にありますからね。お邪魔しました」

おどけた口調でいって、安次郎が立ち上がった。

小半刻（三十分）後、錬蔵は前原の長屋の前でお俊と立ち話をしていた。

「明日の昼四つに用部屋へきてくれ。そのとき、細かいことを話す」

告げた錬蔵にお俊が訊いた。

「狙う相手は町人ですか、それともお侍ですか」

「武士だ。それも南町奉行所の年番方与力さま？　なぜ年番方与力だ」

「南町奉行所の年番方与力さまの懐を」

驚いたお俊が問いかけた。

「河内屋の茶屋買い取りの手先となって動いている。欲が深い者ほど、取り分の証を欲しがるものだ。河内屋は人を操る術を知り抜いている。手先に、取り分の書付を渡していかもしれぬ」

「それで旦那は、年番方与力さまの銭入れを掏れと」

「そうだ。明日は存分に磨き上げた技を使いこなしてくれ」

「まかせてください。腕は鈍っていません」

艶やかな笑みをお俊が浮かべた。


用部屋に前原が顔を出したのは、夜四つ（午後十時）すぎだった。

座るなり前原が口を開いた。

「南町奉行所を張り込んでいたところ、昼前に片山さまがやってきて奉行所に入っていかれました。半刻ほどで出てこられましたが、いつになく引き締まった面持ちで、片山さまのあんな顔は初めて見ました」

「そうか。片山殿は昼前に南町奉行所へ出かけたのか」

独り言のような錬蔵のつぶやきだった。

「おれも、深川でしか生きていけぬ男とわかった」

そうつぶやいた片山の姿が錬蔵の脳裏に浮かんだ。

厄介払いされた北町奉行所に錬蔵も顔を出したくない。おそらく片山も錬蔵と同じおもいだろう。

それでも、片山は南町奉行所へ顔を出した。

その動きから判じて、あのとき発したことばは、嘘偽りのない、真情を吐露したものだったのだろう。

目を前原に向けて、錬蔵が告げた。

「棚橋の動きに変わったことがあったか」

「夕七つ過ぎから河内屋に行き、遠州屋がやってくるのを待って、河内屋、遠州屋とともに深川へ乗り込んで、いま茶屋寿仙で酒を呑んでいます」

「寿仙の座敷に上がるとは、河内屋は、深川の茶屋を、金の力でどうにでもなる相手、となめきっているのだろう」

「不思議なのは、私が河内屋を張り込んでいるのを知っていても、ひとりとして私の邪魔をしようとする者はいません。相手にされていないようで悔しいおもいをしています」

「前原のいうとおりだ。河内屋は、おれたちを相手にしていない。茶屋の主人たちもまた、鞘番所北町組を信頼していない。その証に、河内屋との話し合いの代人になってくれ、と頼みにくる者はひとりもいない」

「代人になってくれと頼みにくる者は、ひとりもいないのですか。それは大変なことだ」

首を傾げて前原が溜息をついた。

「永居楼、梅川、寿仙の主人が相次いで殺された。深川の茶屋の主人たちは、下手人を突き止めることができないでいる鞘番所北町組を、信頼できぬ者たちと見ているのだろう。河内屋は、そのあたりの主人たちの動静を、酒宴の場で探っていると、おれはみている」

「小幡さんや八木さんが、茶屋の主人たちを訪ねて話をしても張り合いがない。どうやって自分たちを守ってくれるんだ、と最後はそこに話が落ち着いてしまう、とこぼしていましたが」

「さっき八木と小幡が報告にきたが、茶屋の主人たちの様子は、昨日より、さらに冷たくなっているような気がするといっていた」

ことばを切った錬蔵が、口調を変えてつづけた。

「明日、お俊に一働きしてもらう」

「昨夜、お俊から聞きました。お俊も、承知していること、ただ怪我をしないようにと、祈るだけです」

「前原は、藤右衛門の警固についてくれ。明日の動き次第で、藤右衛門に刺客が放たれるかもしれない。いままで余計な心配をかけてはならぬとおもって黙っていたのだが、昨夜、おれは三人の浪人に襲われた。家鴨近くの松平家の下屋敷のそばで戦い、三人とも斬り捨てた。不思議なことに浪人たちの骸が見つかったという報告は自身番から上がってこない」

「誰かが骸を片づけたのかもしれませんね」

「おそらくそうだろう。おれが襲われたのは二度めだ。藤右衛門が茶屋の主人たちと話し合って、河内屋の動きを食い止めようとしていることを、河内屋は知っているはずだ。必ず藤右衛門は狙われる。まず間違いない」

「私が助っ人として藤右衛門の警固をするよう、御支配から命じられたといって河水楼に顔を出したら、溝口さんは余計な助太刀は無用、帰ってくれ、といいだすはず。そのときは、どうしましょう」

「溝口は、ひとりで藤右衛門の警固をすることに疲れている。文句はいうまい。明日の昼四つまでに、着替えの衣をもって河水楼へ出向いてくれ」

「承知しました」

応じた前原が、強く顎を引いた。

翌日昼、料亭平清の表を見張ることができる通り抜けに、小袖を着流し、深編笠をかぶった錬蔵と安次郎、お俊、政吉の四人が身を潜めていた。

通り側に立ち、見張っていた安次郎が声を上げた。

「出てきやした」

後ろにいた政吉が、小声で錬蔵に訊いた。

「通りに飛び出したお俊さんが年番方与力にぶつかったときに、あっしが飛び出す。手順はそうですね」

「そうだ。お俊、頼むぞ」

無言でお俊がうなずく。

平清から出てきた片山が、後から出てきた棚橋に頭を下げている。様子からみて、平清の払いは棚橋が済ませたのだろう。

棚橋が鷹揚《おうよう》にうなずき、会釈した片山が背中を向けて足を踏み出した。今度は棚橋が片山に背中を向け、錬蔵たちが身を潜めているほうへ向かって歩き出した。

「お俊、今だ」

間合いを計っていたのか、錬蔵が声をかけるのと同時にお俊が棚橋に向かって走っていった。

駆けだした勢いのまま、棚橋にぶつかる。

そのとき、

「この売女《ばいた》、待ちやがれ。勘弁できねえ」

わめきながら政吉が通りに飛び出していった。

棚橋が政吉に気をとられた隙に、お俊が走り去っていく。

あわてて身をかわした棚橋の脇を、政吉がすり抜けるようにして駆け抜け、辻を曲がって姿を消したお俊を追っていく。

いまいましげにお俊たちの走り去ったほうを睨み付けた棚橋が歩き出し、錬蔵たちが潜んでいる通り抜けの前を通り過ぎていく。

「後をつけろ。棚橋を見張るのだ」

うなずいた安次郎が通りへ出て、棚橋をつけていく。

深編笠の端を持ち上げた錬蔵が、棚橋と安次郎の動きを見据えている。棚橋は、後ろを振り返ろうともしなかった。つけられていることに棚橋が気づいていないことを確信した錬蔵は、通りへ出るべく足を踏み出した。

小半刻（三十分）後、錬蔵は河水楼の、主人の控えの間にいた。

「子供たちのことが気になるので」

といって、お俊は待ち合わせた河水楼の前で、錬蔵に掏り取った棚橋の銭入れを渡して、鞘番所へ引き上げていった。

その銭入れと、折り畳んで入れていたのか、折り目のついた書付を覗き込むように、錬蔵と藤右衛門、前原に溝口が円座を組んでいた。

「二千両渡すと書いてある。豪儀な話ですね。こんな書付を渡されたら、欲が深い連中は、目が眩んで、躊躇《ちゅうちょ》なく企みに加担するでしょうね」

神妙な口調で藤右衛門がいった。

「この書付で、河内屋が悪だくみをして動きまわっていることがはっきりした。これ以上、河内屋一味を野放しにするわけにはいかぬ。さて、どうしたものか」

うむ、と首を傾げた錬蔵に藤右衛門が声をかけた。

「策がないことはありませぬ。もっとも、あまり気がすすみませぬが」

「気がすすまぬとは」

問いかけた錬蔵に、

「ここではちょっと話しにくいことで。大滝さま、別間へご足労願えますか」

視線を前原と溝口に流した錬蔵に、ふたりが無言でうなずいた。

「話を聞きたい。行こう」

脇に置いた大刀に錬蔵が手をのばす。

「ご案内します」

応えて藤右衛門も立ち上がった。


別間に入った錬蔵は、一瞬、驚きの目を見張った。

座っていたのはお紋だった。

手で示して、お紋と向かい合うように錬蔵を座らせた藤右衛門は、身を移してお紋の脇に控えた。

口を開いたのは藤右衛門だった。

「実は、昼前にお紋がやってきて、私に、自分が河内屋をおびき出す囮《おとり》になる。私が河内屋が申し入れてきた身請話を受け入れる、といえば必ず河内屋は出かけてくるはずだ、といいだしたのです。お紋は、昨夜、通りを歩いている私を溝口さんが警固しているのを見かけて、河内屋が私の命を狙っているのではないか、と心配して、囮になる決心をしたといっていましたが」

じっと錬蔵を見つめて、お紋がいった。

「あたしの話を聞いて、藤右衛門親方は、つまらぬことは考えるな。河内屋が茶屋を買い占めようとしていることでお紋を責める者は誰もいない、といってくださいました。けど、あたしのはねっ返りがもとで始まったのは間違いありません。だから私は、命を賭けて、この騒ぎを終わらせたいのです」

見つめ返して錬蔵がいった。

「命を賭けて、といったな、お紋。河内屋とふたりきりになって、隙をみて河内屋の命を狙うつもりか」

「それは」

「そのようなこと、おれがさせぬ。河内屋を捕らえても、河内屋は、幕閣のお偉方に金をばらまいて、罪を逃れるだろう」

身をねじるようにしてお紋が声を上げた。

「成り行きからみて、永居楼、梅川、寿仙のご主人たちを殺させたのは河内屋以外にありません。それでも、河内屋は罰せられないんですか」

「殺してくれ、と頼んだかもしれぬが、河内屋は手を下しておらぬ。また、頼んだとの証もない。これでは御法度では裁けぬ」

「そんな、それじゃ河内屋はやりたい放題じゃありませんか」

お紋が悔しげな声を上げた。

顔を藤右衛門に向けて、錬蔵が訊いた。

「銭入れを掏られたことに気づいた棚橋は、必ず河内屋に駆け込むだろう。棚橋の話を聞いて、河内屋は新たな動きをしてくるに違いない。いままでよりもあくどい手立てで仕掛けてくるはずだ。おれたちに時はない。藤右衛門、観月の主人は信用できる男か」

「少なくとも、私を裏切ることはありません」

「すぐ呼んでくれ。明日には、この一件を落着したい」

はた、と気づいて藤右衛門が訊いた。

「それでは、大滝さまは、お紋を囮に河内屋に罠を仕掛ける、と腹をくくられたのですか」

「河内屋はずる賢くて、用心深い男。必ず用心棒たちを連れてきて、観月のまわりを固めるだろう。おれは前夜からお紋と河内屋がふたりになる部屋の屋根裏に潜む。身請けの日に斬り込んで、お紋を助け出すのはむずかしい。河内屋の用心棒のひとりは、皆伝の腕を持つ溝口でも、遅れをとるとおもわれる腕前。そ奴ひとりを相手にするのも難儀なのに、多数相手にするとなると勝ち目はない」

「わかりました。政吉を走らせて、すぐにも観月を呼び寄せます」

「頼む」

お紋を見つめて錬蔵がことばを重ねた。

「お紋、すまぬが、いまはお紋に囮の役目を引き受けてもらうしか手立てがない。覚悟を決めてくれ」

「あたしは心意気と気っ風が売り物の深川の女、いわれなくとも、とっくに覚悟はできてますのさ」

笑みを浮かべて、お紋が応えた。


暮六つ（午後六時）過ぎに、安次郎が河水楼の主人の控えの間に顔を出した。

「お紋がやってきて、河内屋さんの身請話を受けることにしたといってきた。ついては、明日の暮六つに観月まできてもらいたい。河内屋の旦那とお紋の身請話固めの宴でも催したい」

そうつたえるために河内屋へ出かけていった、観月の主人の知らせを錬蔵たちは待っている。

座っている錬蔵の傍らに控えて安次郎が話しかけた。

「奉行所へもどる道すがら、銭入れを掏られたことに気づいた棚橋は、血相変えて河内屋に駆け込みました。しばらく河内屋を張り込んでいましたが、観月のご主人が河内屋にこられたんで、何かあるな、とおもって引き上げてきました」

「それでいい。しかし、棚橋殿も正直なお人だ。こちらが仕掛けたことに、すぐ応えてくれる」

不敵な笑みを錬蔵が浮かべた。


その頃……。

いましがた観月の主人が引き上げていった河内屋の一室では、河内屋や中根、棚橋と遠州屋が話しあっていた。

「お紋が身請けされてもいい、といっているという観月の主人の話、ことばどおりに受け取ってもいいのか」

問いかけた中根に河内屋が応えた。

「観月の主人は、買い取った茶屋の主人のなかでは、わいが一番信用している男や。

わいの身請話を受け入れるようにお紋を口説きつづけていたのも、ほんまのことや。みんな、これは罠やいうとるけど、そんなことはない。罠だったら、中根はん、あんさんがわいを守ってくれれば済む話や。疑っている閑があったら、わいを守る手立てを考えといてほしいわ」

「その点は抜かりなくやる。心配するな」

「よろしゅう頼みまっせ。何というても、わいはお紋に惚れてるんや」

満面を笑み崩した河内屋を、棚橋たちがしらけた顔で見やっている。

翌日の夕七つ（午後四時）、河内屋、棚橋、遠州屋の乗った三挺の駕籠が観月の前で止まった。駕籠に従ってきた中根たちが二手に分かれて散っていく。

出迎えた観月の主人が愛想笑いを浮かべて、揉み手している。

二階の座敷の屋根裏で錬蔵と安次郎が細めにずらした天井板の隙間から、眼下に見える部屋の様子を窺っている。

小声で安次郎がいった。

「観月の主人は、すべて打ち合わせどおり運んでくれた。なかなかの役者ぶりでしたね」

宵五つ（午後八時）を告げる時の鐘が聞こえてくる。

「溝口たちが斬り込む刻限だ。飛び降りるぞ」

うなずいた安次郎が音がしないように天井板をずらした。

河内屋が酌をしようと身を乗り出したお紋の手を握り、躰を引き寄せる。

その瞬間、錬蔵が飛び降りてきた。横にずれた錬蔵のいたところに相次いで安次郎が飛び降りてくる。

音のしたほうを見やった河内屋を突き飛ばし、お紋が転がって逃れた。

お紋をかばって、錬蔵が河内屋の前に立った。大刀を抜き、下段に構える。

身を移した安次郎が、半身起こしたままのお紋を立たせた。

「安次郎、逃げろ」

「そうはいきまへん。こんなこともあろうかとわいも、南蛮渡来の短筒を持ってきましたんや」

懐から短筒を取り出した河内屋が、銃口を錬蔵に向けた。

「金があれば何でも手に入りまっせ。お紋はわいが狙いをつけた女、返しておくれやす」

下段に構えたまま錬蔵が告げた。

「お紋は、おれが妻と決めた女。誰にも渡さぬ」

「旦那。嬉しい」

つぶやいたお紋に目を走らせて河内屋がいった。

「お紋、おまはんが鞘番所北町組支配の大滝に惚れているということは、とっくに知っていましたで。いま、おまはんの惚れた男の息の根を、わいの手で止めてやる。そこにいる奴も大滝のおともをさせてあげまっせ。お紋、おまはんを惚れた男の骸の前で嬲《なぶ》るのも、また一興や」

酷薄に薄ら笑った河内屋が、引き金に手をかけた。

引き金を引くのと錬蔵が大刀を河内屋に投げつけるのと同時だった。大刀を投げた錬蔵は、躰を沈めて横転し、身を低くして起き上がり、脇差を抜いて青眼に構えた。

短筒を発射した河内屋の胸元に深々と錬蔵の大刀が突き立っている。

別間で控えていた中根と三人の浪人たちが、銃声に気づいて立ち上がり、廊下へ走り出る。

ほかの部屋で呑んでいた棚橋と遠州屋が立ち上がった。大刀を手にした棚橋に遠州屋が声をかけた。

「私は逃げます。短筒の音は一発だけだ。河内屋さんは、誰かに殺されたに決まっている。死んだ人から金はもらえません」

いうなり遠州屋が部屋から駆けだしていった。

「くそっ、儲け損なった。どうしてくれよう」

大刀を腰に差した棚橋が、部屋から廊下へ歩き出た。

河内屋の躰から大刀を引き抜いた錬蔵が、視線をお紋と安次郎に流して告げた。

「騒ぎが鎮まるまで、ここにいるのだ。安次郎、お紋を頼む」

「まかせといておくんなさい」

応えた安次郎の後ろで、お紋が錬蔵を見つめている。

廊下を歩いてくる錬蔵と走ってきた中根たちが睨み合った。

下段に構えて、錬蔵が告げた。

「河内屋は死んだ。貴様とは庭で存分に戦いたい」

「望むところだ。庭に出よう」

大刀を抜いて右下段に構えた中根が、振り向くことなく背後の浪人たちに声をかけた。

「雇い主は死んだ。用心棒稼業のおれたちには、ともに果てる義理はない。逃げたければ逃げろ」

顔を見合わせ三人がうなずき合い、中根に背中を向けた。階段を駆け下りていく入り乱れた足音が聞こえた。

「先に行け。おれは、後ろからは斬らぬ」

「信じよう」

躊躇なく背中を向けた中根が歩いていく。錬蔵がついていく。

庭では浪人たちと溝口、前原、小幡、八木ら鞘番所北町組の面々が激しく斬り結んでいた。遠州屋が、斬り合いの輪を避けて、逃げていく。

見つけた前原が遠州屋を追った。

「ひっ、助けて。お許しを」

迫る前原に哀願しているかに見えた遠州屋が、懐から銭入れをとりだし、開いて小判を摑んで投げつけた。

追ってきた前原の顔に小判が当たった。皮膚がえぐれ、血がしたたる。

なおも小判を投げつけようとする遠州屋に、

「おのれ、許さぬ」

上段に振り上げた大刀を、前原が遠州屋めがけて振り下ろした。

脳天を断ち切られ、遠州屋がその場に崩れ落ちる。

逃げてきた棚橋の行く手に溝口が立ち塞がった。

「おれは南町奉行所年番方与力棚橋貞右衛門なるぞ。そこをどけ」

「いま、耳が遠くなった、何も聞こえぬ。河内屋の手先を斬り捨てる」

気合いをかけ、体当たりせんばかりの勢いで溝口が、棚橋に突きを入れた。

大刀を抜きかけた棚橋の胸元から背中へと、溝口の大刀が一気に貫いていた。

斬り合いの輪から離れた場所で錬蔵が八双に、中根が青眼に構えて対峙している。

「鉄心夢想流大滝錬蔵」

「一刀流中根甚九郎、勝負」

掛け声をかけた中根が錬蔵めがけて斬りかかった。

横に飛んだ錬蔵が、中根の脇を走り抜ける。

「おのれ、逃げるか」

躰を反転させ追いかけた中根が踏鞴を踏んだ。

足を止めた錬蔵が躰をねじって、斜め上段から袈裟懸けに刀を振り下ろす。

ほんのわずかだが、崩れた体勢をととのえようとした中根の肩口から脇腹へ向けて、錬蔵の振るった大刀が深々と斬り裂いていた。

さらに錬蔵は、下段から斜めに剣を振り上げていた。まさに迅速の技といえた。

躰を斜め十文字に斬り裂かれた中根が死力を振り絞って訊いた。

「初めて見る太刀筋、名は」

「鉄心夢想流秘伝、霞《かすみ》十文字」

「霞十、も、ん、じ」

息も絶え絶えにつぶやいた中根が、顔から前のめりに倒れ込んだ。

鳩が一斉に飛び立っていく。

歓声をあげながら俊作と佐知が逃げて、走る。前原とお俊が子供たちを追い回していた。

富岡八幡宮の拝殿の前で手を合わせていた錬蔵とお紋が振り返って、前原やお俊と子供たちの追いかけっこを眺めている。

さりげなくお紋が錬蔵の手を取った。錬蔵がその手を握り返す。

目をお紋に向けて錬蔵が話しかけた。

「うまいものでも食いにいくか」

「それもいいけど」

「何だ」

「たまには、まずいあたしの手料理でも食べてくれる」

「それも、悪くない」

「通いの婆さんが菜の材料を揃えてくれ、気をきかせて引き上げてくれた」

「そうか。ふたりだけの差し向かいだな」

「旦那」

甘えた目でお紋が錬蔵を見やった。

「人が見ている。行くぞ」

照れ臭そうにお紋の手を振り払い、錬蔵が石段を降りていった。

「もう、旦那ったら、ほんとに」

睨みつけた素振りをみせ、お紋が後を追っていく。

子供たちの笑い声が、歩いていく錬蔵とお紋の背後で響き渡った。

温かい陽差しが錬蔵たちや前原、お俊と子供たちに降り注ぎ、柔らかく包み込んでいる。

【参考文献】

『江戸生活事典』三田村鳶魚著　稲垣史生編　青蛙房
『時代風俗考証事典』林美一著　河出書房新社
『江戸町方の制度』石井良助編集　新人物往来社
『図録　近世武士生活史入門事典』武士生活研究会編　柏書房
『図録　都市生活史事典』原田伴彦・芳賀登・森谷尅久・熊倉功夫編　柏書房
『復元　江戸生活図鑑』笹間良彦著　柏書房
『絵で見る時代考証百科』名和弓雄著　新人物往来社
『時代考証事典』稲垣史生著　新人物往来社
『考証　江戸事典』南条範夫・村雨退二郎編　新人物往来社
『新編　江戸名所図会　〜上・中・下〜』鈴木棠三・朝倉治彦校註　角川書店
『武芸流派大事典』綿谷雪・山田忠史編　東京コピイ出版部
『図説　江戸町奉行所事典』笹間良彦著　柏書房
『江戸町づくし稿—上・中・下・別巻—』岸井良衛　青蛙房
『江戸岡場所遊女百姿』花咲一男著　三樹書房

『江戸の盛り場』海野弘著　青土社
『天明五年　天明江戸図』人文社

新・深川鞘番所

一〇〇字書評

切・り・取・り・線

購買動機（新聞、雑誌名を記入するか、あるいは○をつけてください）	
□（　　　　　　　　）の広告を見て	
□（　　　　　　　　）の書評を見て	
□ 知人のすすめで	□ タイトルに惹かれて
□ カバーが良かったから	□ 内容が面白そうだから
□ 好きな作家だから	□ 好きな分野の本だから

・最近、最も感銘を受けた作品名をお書き下さい

・あなたのお好きな作家名をお書き下さい

・その他、ご要望がありましたらお書き下さい

住所	〒				
氏名		職業		年齢	
Eメール	※携帯には配信できません	新刊情報等のメール配信を 希望する・しない			

この本の感想を、編集部までお寄せいただけたらありがたく存じます。今後の企画の参考にさせていただきます。Eメールでも結構です。

いただいた「一〇〇字書評」は、新聞・雑誌等に紹介させていただくことがあります。その場合はお礼として特製図書カードを差し上げます。

前ページの原稿用紙に書評をお書きの上、切り取り、左記までお送り下さい。宛先の住所は不要です。

なお、ご記入いただいたお名前、ご住所等は、書評紹介の事前了解、謝礼のお届けのためだけに利用し、そのほかの目的のために利用することはありません。

〒一〇一－八七〇一
祥伝社文庫編集長　坂口芳和
電話　〇三（三二六五）二〇八〇

祥伝社ホームページの「ブックレビュー」からも、書き込めます。
http://www.shodensha.co.jp/bookreview/

祥伝社文庫

新《しん》・深川鞘番所《ふかがわさやばんしょ》

平成29年12月20日　初版第1刷発行

著　者　吉《よし》田《だ》雄亮《ゆうすけ》
発行者　辻　浩明
発行所　祥伝社《しょうでんしゃ》
東京都千代田区神田神保町3-3
〒101-8701
電話　03（3265）2081（販売部）
電話　03（3265）2080（編集部）
電話　03（3265）3622（業務部）
http://www.shodensha.co.jp/

印刷所　堀内印刷
製本所　ナショナル製本
カバーフォーマットデザイン　中原達治

Printed in Japan ©2017, Yūsuke Yoshida ISBN978-4-396-34314-9 C0193

〈祥伝社文庫　今月の新刊〉

佐藤青南

たぶん、出会わなければよかった 嘘つきな君に

嘘だらけの三角関係。それでも僕は恋をあきらめたくない。純愛ミステリーの決定版！

菊池幸見

走れ、健次郎

国際マラソン大会でコース外を走る謎の男!?「走ることが、周りを幸せにする」――原　晋氏

早見　俊

居眠り狼《おおかみ》　はぐれ警視　向坂《さきさか》寅《とら》太郎《たろう》

奴が目覚めたら、もう逃げられない。絶海の孤島で起きた連続殺人に隠された因縁とは？

小杉健治

夜叉《やしゃ》の涙　風烈廻り与力・青柳剣一郎

剣一郎、慟哭す。義弟を喪った哀しみを乗り越え、断絶した父子のために、奔走！

芝村涼也

楽土　討魔戦記

一亮らは、飢饉真っ只中の奥州へ。人が鬼と化す江戸怪奇譚、ますます深まる謎！

富田祐弘

信長を騙《だま》せ　戦国の娘詐欺《さぎ》師

戦禍をもたらす信長に、一矢を報いよ！　少女が挑んだのは、覇王を謀ることだった！

吉田雄亮

新・深川鞘番所

同心姿の土左衛門。こいつは、誰だ。凄腕の刺客を探るべく、鞘番所の面々が乗り出すが。